Because She was......?

Ardhangini Sunita

PARTRIDGE

A Penguin Random House Company

ISBN:	Hardcover	978-1-4828-3908-1
	Softcover	978-1-4828-3909-8
	eBook	978-1-4828-3907-4

To order additional copies of this book, contact
Partridge India
000 800 10062 62
orders.india@partridgepublishing.com

www.partridgepublishing.com/india

Because She was......?

(Kiran: A true and heart touching story

after Premchand's Nirmla)

किरनः

निर्मला के आगे की कहानी

क्योंकि वह................ ?

अध्याय–1

पूर्वी उत्तर प्रदेश एक छोटा सा शहर गाजीपुर पवित्र नदी गंगा जी के तट पर बसा हुआ है। चूँकि बरसात का समय है, इसलिये गंगा जी लबालब भरी हुयी हैं। भादो का महीना है। रक्षाबन्धन त्यौहार का तीसरा दिन, अभी–अभी रात्रि बीती है। भोर का प्रकाश पृथ्वी पर फैलने लगा है, कुछ–कुछ लालिमा लिये हुए। अचानक आकाश में काले–काले घनघोर बादल घिर आये। बादलों के गरजने की आवाज होने लगी, साथ ही ठंडी हवा बहने लगी। बादलों के गरजने की तड़तड़ाहट से नींद टूट गयी। 'कितना बढ़िया मौसम है, बरसात के उमस भरें दिन में इतनी ठंडी हवा' चलो आज गंगाजी घूमकर आता हूँ!

बरसात के दिनों में गंगा जी के किनारें घूमना कितना अच्छा लगता है, ऊपर आकाश मे तैरते काले–काले बादल, नीचे गंगा जी की हिलोर लेती धारायें।

सामने मेरी पत्नी, अर्द्धांगिनी अखबार पढ़ रही हैं, पर चेहरा कुछ उदास लग रहा है।

मुझे सामने देखते ही पत्नी कहने लगी:– आज मेरा मन बहुत खराब हो गया है, अखबार पढ़कर। जमानियॉ में एक सराउला नाम के आदमी ने अपनी पत्नी को आग में जलाकर मार डाला। शादी में सिर्फ एक मोटर साइकिल न मिलने के कारण!

वह तो उसे रात में ही दफना देता लेकिन खराब मौसम के कारण नहीं दफना पाया। इसी बीच किसी ने पुलिस को खबर कर दी।

पुलिस जब पहुँची तब उसकी शरीर को बहुत बुरी स्थिति में पायीं, शायद जलाने में पहले बुरी तरह मारा भी था। बेचारी के माँ–बाप तो पहले ही मर गये थे, किसी तरह चचेरे भाई ने उसकी शादी की थी। बेचारी!

कहाँ तो इतने सुन्दर मौसम में टहलने जा रहा था और पत्नी क्या सुनाने लगी!

मेरा तो मूड ही बदल गया और थोड़ा कड़े शब्दों में बोल बैठाः– 'कहता हूँ सुबह–सुबह अखबार मत पढ़ा करो, लेकिन तुम तो–'।

मेरे ऐसा बोलने पर पत्नी सहम गयी फिर धीरे से बोलीः– 'क्या मेरे सुबह–सुबह अखबार नहीं पढ़ने से वह घटना नहीं घटती ,रोज अखबार में इस तरह की एक न एक घटना जरूर रहती है। बस बदला रहता है तो केवल स्थान– कभी बनारस, कभी जौनपुर, कभी आजमगढ और बदली रहती है केवल स्त्री की नाम, जाति व धर्म लेकिन नहीं बदलती है वह मरने वाली स्त्री। बुरी तरह मरने वाली केवल स्त्री होती है। कभी जलकर, कभी फाँसी से, कभी नदी में डूबकर लेकिन...

गलती मेरी ही है। आप घूमने जा रहे थे और मैं क्या सुनाने लगी। पता नहीं मुझे क्या हो जाता है ये सब पढ़ कर? सब लोग तो पढ़ते हैं फिर'–

यह कह कर वह चुप हो गयी। आँखों में पानी भर आया। पत्नी को उदास देख मैं उसके पास बैठ गया। किसी का दुख उसे विचलित कर देता है अन्दर से।

जब जानती हो तो क्यों पढ़ती हो इस तरह की घटनायें जो तुम्हें दुख पहुँचाती है। देखो सब लोग अखबार पढ़ते हैं। मैं भी पढ़ता हूँ, सबको पता है इस तरह की लगातार घटनाएँ हो रही है हमारे समाज में, लेकिन इसे रोकने के लिए कानून है। पुलिस है। सरकार है दण्ड देने के लिए। और देखो ऐसा नहीं है कि मुझे दुख नहीं होता! मुझे भी दुख होता है और मेरी तरह और लोंगो को भी दुख होता होगा लेकिन हम लोग क्या कर सकते हैं इस बुराई को मिटाने के लिए।

चलो छत पर घूम आते हैं। कितना अच्छा मौसम है।

तभी मोबाईल फोन की घंटी बजने लगी। मन में आया 'इतनी सुबह किसका फोन आने लगा' फिर फोन को Receive किया।

उधर से आवाज आयी— 'Hello, मैं बनारस, मण्डुआडीह थाने का सबइंस्पेक्टर बोल रहा हूँ।'
.... : जी, बतायें सर।

' आप की यहाँ रिश्तेदारी है DLW में, जलालोपट्टी, बनारस में?'

:जी, मेरी छोटी बहन किरन की वहाँ शादी हुयी है।

'आप लोग यहाँ कितने देर में आ सकते हैं? जल्द से जल्द!'

: दो घण्टे तो लग ही जायेंगे कम से कम यदि गाड़ी रिजर्व करें तो भी , लेकिन आप यह सब क्यों पूछ रहें हैं? पुलिस का फोन' मेरा हृदय किसी बुरी आशंका से धड़क पड़ा।

सबइंस्पेक्टर :— 'यहाँ पर एक दुर्घटना हो गयी है। आप लोग जल्द से जल्द यहाँ चले आयें।'

मेरी आवाज कॉपने लगी **:—** क्या! कैसे, मेरी बहन कहाँ है? राजु कहाँ है?

सबइंस्पेक्टर :— 'अभी हमें पता नहीं कि कैसे पर, आपकी बहन की जली हुयी लाश यहाँ मिली है। आप लोग यहाँ चले आयें।'

फोन कट गया।

मैं स्तब्ध रह गया। मेरे हृदय से चीख निकल गयी।

किरननन न न न न न न न न न न न न न ....

किरन

किरन

कानों में सबइंस्पेक्टर का शब्द गूँज रहा था— वह मर गयी है,

जली हुयी उसकी...........................

अध्याय–2

अगले 15 से 30 मिनट के अन्दर परिवार के कुछ लोग तथा साहब बाबा मार्शल गाड़ी में थे जो किराये पर जल्द से जल्द ली गयी। गाड़ी चल पड़ी गाजीपुर से प्रसिद्ध शहर बनारस की ओर।

बारिश एक बार होकर बन्द हो गयी। लेकिन आकाश में काले–काले घनघोर बादल अभी भी घेरे हुए थे। बिजली रह–रह कर चमक उठती थी। मुझे अपने दिल की धड़कन साफ सुनायी दे रही है। कुछ भी बोलने का मन नहीं कर रहा था। आँखों में आँसू और मन किरन की यादों में, उसकी बातों में:–...............मर गयी, किरन मर गयी,

कैसे?

इतनी कम उम्र! अभी–अभी तो उसकी शादी हुयी थी। दो–तीन साल पहले इसी रास्ते से जिस पर यह गाड़ी चल रही है उसकी विदाई हुयी थी दुल्हन के रूप में सजी हुयी।

क्या कह रही थी वो– भईया आना, भईया आना मेरे यहाँ आना, बनारस आना, आपके साथ मन्दिर चलेंगे, दर्शन करेंगे।

भईया सारनाथ भी जाऊँगी, भगवान बुध पर ध्यान करूँगी, उनके समय को जीऊँगी, 6 सदी ईशा पूर्व के समय को,

इतिहास और दर्शन पर उसका पूरा अधिकार था। उसी से किरन ने स्नातक किया था।

मेरा मन पूरी तरह उसमें खोने लगा। कितनी जल्दी वह, मेरी छोटी बहन से वह बड़ी बहन जैसी समझदार हो गयी और छोटी से बड़ी होकर मर भी गयी।

पलक झपकते ही जैसे सब कुछ बीत गया। कितनी यादें मेरे मन–मस्तक पर दौड़ने लगी। उससे संबन्धित अपनी बालपन की मूर्खताओं के, उसकी समझदारियों के।

अध्याय–3

गर्मियों के दिन थे। संभवतः अप्रैल–मई का महीना। किरन उस समय गाँव के प्राइमरी स्कूल में कक्षा 5 में पढ़ती थी। उन दिनों कक्षा– 5 का भी Annul Exam कक्षा 10 और 12 की तरह होता था। Exam Center दूसरे गाँव के स्कूल में पड़ता था।

किरन का भी वार्षिक Exam दूसरे गाँव बेटावर कला के पोखरे वाले स्कूल पर पड़ा था। उस समय मैं कक्षा 8 या 9 में पढ़ता था। उन दिनों हम लड़को की दिनचर्या थी– स्कूल से आकर गमछीयों में दाना गुड़ लेकर सीधे गाँव के दक्षिण वाले खेल मैदान में आ जाते थे। खेलने के बाद एक साथ बैठकर दाना खाते हुए बात करते थे अंधेरा हो जाने तक।

निरर्थक, बच्चों वाली निरर्थक बातें– आज लहुआर और ताजपुर ग्राम के लडको के बीच खूब मार पीट हुयी। उस गाँव में फुटबाल प्रतियोगिता है। ऐसी ही विभिन्न प्रकार की कभी न खत्म होने वाली बातें।

तभी संतोष तिवारी नाम का एक लड़का मेरे पास आकर बोला– मेरा छोटा भाई बालमुकुन्द बता रहा था कि आज तुम्हारी बहन किरन, परीक्षा खत्म होने के बाद राकेश नाउ के साइकिल पर बैठकर घर आयी।

इतना सुनना था कि मेरे मन में क्रोध की अग्नि जल पड़ी। अब मैं वहाँ कहाँ रूक सकता था! मैं सीधे दौड़ते हुए घर आया किरनि, किरनि करते हुए सतबेनिया दरवाजे से प्रवेश किया किरन मम्मी के कमरे में सोयी हुयी थी। वो हड़बड़ा कर, डरकर उठ बैठी। मैंने जोर से दो थप्पड़ उसे लगा दिया——— तड़ाक, तड़ाक

मम्मी दौड़ी– क्यों मारे ?

मैं गुस्से में बोला– आज यह परीक्षा के बाद राकेश नाउ के साइकिल पर आयी है।

मम्मी :— अरे मूर्ख, इसको लू गयी है, धूप से, उल्टी और दस्त हो रहा है लगातार। अभी रविन्द्र डाक्टर दवा देकर गये हैं। वही लड़का, इसकी सहेली नीतु के साथ साइकिल पर घर छोड़ गया है।

किरन रोने लगी थी।   और मुझे तो......................

अध्याय–4

जाड़े के दिन थे।

मेरे सामने वाले घर में कुछ Function, कार्यक्रम था, शायद कोई तिलक था। उनके घर दूसरे गॉव के भी लड़के आये थे जो छत पर घूम रहे थे। मैं बाहर से घूम कर अपने छत पर आया। उस समय सब बहनें छत पर ही थी। ईंट के टुकड़े से चोकोर निशान बनाकर गोटी फेक–फेक कर तिक–तिक करते हुए कूद–कूद कर खेल रहीं थीं सब। उन दिनों हम अपनी बहनों को किसी के सामने नहीं पड़ने देते थे। नही चाहते थे कोई हमारी बहनों को देखें– उनके बारे में बातें करें। इसी में अपनी हम शान समझते थे और मैं मुर्ख इस नियम को कुछ ज्यादा ही कड़ाई से पालन करता था।

उस दिन, उन सबको डाट फटकार कर नीचे भगा दिया। बड़े मन से वो सब खेल रही थीं छत पर लेकिन मेरे गुस्से के कारण बड़ी उदास होकर नीचे चली गयीं।

छोटी किरन मम्मी से पूछ रही थी: – मम्मी, आज भईया हम लोगों को छत से क्यों भगा दिया? रोज तो नहीं भगाता है।

मम्मी किसी तरह बोली: – आज सामने तिलक है। उनके घर कुछ गन्दे लड़के आयें हैं।

किरन फिर पूछी: – तो गन्दे लड़के उनके घर पर हैं, हमारे छत पर तो नहीं तो फिर क्यों भइया हमें..............................

मम्मी क्या जबाब देती!

और मैं तो था ही गॉव का एक मूर्ख लड़का।

अध्याय–5

हम भाई–बहनों में उम्र में छोटी होते हुए भी कितनी जल्दी वो समझदार और बड़ी लगने लगी थी। हम लोग तो बहुत उम्र के साथ बड़े हुए पर शायद घटनाएँ एवं परिस्थितियों ने उसको पहले ही समझदार बनाना शुरू कर दिया था, उसे विचार करना सिखा दिया था।

और एक औरत का प्रभाव पडा था उस पर, बहुत ज्यादा प्रभाव ।

वो थी काकी–आजी, एक निसन्तान बाल विधवा, गोरा रंग, सफेद बाल, 75 वर्ष की उम्र, कथा गढ़ने और कहानी कहने में तो उन्हें महारत हासिल थी। रोज रात को खाना खाने के बाद सब बच्चे, औरतें उनके पास आ जाते थे और वो कहनियां सुनाती थी।

कभी धर्म की, कभी पौराणिक, कभी साहित्यिक तथा कभी ग्राम कथाएँ तथा कभी कुछ अपनी गढ़ी हुयी भूत–प्रेतों की ।

8–9 वर्ष की उम्र में उनकी शादी हुयी थी जब वो शायद शादी का मतलब भी नही जानती थीं और शादी के एक वर्ष बाद ही वो विधवा हो गयीं उसके बाद उन्होंने अपना पूरा समय कुछ पूजा–पाठ तथा इतने बड़े संयुक्त परिवार के बच्चों को पालना, खिलाना तथा कहानियाँ सुनाने में ही व्यतीत किया।

किरन तो उनके आस–पास ही मड़राती रहती थी, बहुत छोटे से ही, उसके लिये उसकी कभी–कभी पिटाई भी होती थी।

अध्याय–6

गाँव का यह संयुक्त परिवार खुब बड़ा था। कई बुढ़े बाबा, उनके परिवार, कुछ निसन्तान बाल विधवायें। सब साथ रहते थे। इन्हीं में एक शाखा हरिदास राय की,

इनके तीन लड़के ।

हरिदास राय के दूसरी पीढी में लड़कियों की संख्या कुछ ज्यादा बढ़ गयी।

बड़े लड़के सुजीत राय को पहला लड़का, फिर चार लड़कियाँ।

दूसरे लड़के अजीत राय को तीन लड़कियाँ फिर एक लड़का।

लड़कियाँ होना– समाज के लोग भार समझते है। जिसको होती है वो चर्चा का विषय बन जाता है। चाहे कितना भी सफल हो जीवन में, बेचारा की श्रेणी में आ जाता है। इसका कारण है और सिर्फ एक कारण है?

दहेज,............. लड़की के परिवार वालों द्वारा शादी के समय दिया गया धन, शायद बेचारी लड़की से शादी कर उसका उद्धार करने के लिए दिया गया धन!

कभी–कभी तो एक अच्छी शादी के लिए, पिता को अपने जीवन भर का कमाया हुआ पूरा धन देना पड़ जाता है।

फिर भी पिता सोचता है, चलो बडे भाग्य से बिटिया की शादी हो गयी वरना कहीं–कहीं तो एकदम शादी के एकदम नजदीक तिथि को शादी Cancel कर दी जाती है क्योंकि कभी–कभी कोई उससे ज्यादा धन देने वाला पहुँच जाता है।

सम्पूर्ण धन दे देने पर पिता को आजीवन सुनना पड़ता है, अजी हमें तो वहाँ उस स्थान पर बाप रे बाप इतना धन मिल रहा था लेकिन हमने आप को देखते हुए आप ही के यहाँ शादी की। सब कुछ चुस लेने के बाद भी एहसान!

एक अद्द शादी के लिए पिता को अपनी लाडली कन्या के Photo तथा Biodata लेकर न जाने कितने दरवाजे पर जाना पड़ता है और नकार दिये जाने के न जाने कितने कारण सुनने पड़ते हैं ———

कहीं, छोटी है

कहीं लड़के से लम्बी है।

कहीं, काली है।

कहीं, बुहत ज्यादा पतली है।

कहीं, मोटी है ।

तो कहीं, बहुत ज्यादा मांग है।

किसी किसी स्थान पर यह भी सुनने को मिल जात है कि सुन्दर नहीं है।

उस लाडली के बारे में जिस बचपन के न जाने कितनी बार गोद में खिलाया गया है, कितना मिठास भरा है उसने जीवन में, कितनी प्यारी लगी है अब तक,

उस बिटिया के बारे.................

कहीं Photo एवं Biodata पसन्द आता है तो आता है

अगला चरण.................

लड़के और लड़के पक्ष वालों के सामने अपनी कन्या को एक बार लाना पडता है,

दिखाना पड़ता है। अपनी प्यारी बिटिया को ऐसे परीक्षा में बैठाया जाता है, जहाँ उसे केवल परिणाम, Result सुनना है।

हॉ या ना

Pass या Fail

तब तक उस बेचारी का तथा उसके पूरे परिवार का जी धकधक, धक धक करता रहता है।

यदि शादी के लिए मना हो गया तो पूरे परिवार की बदनामी होती है। लड़की लज्जा से, शर्म सें अपराध बोध से गड़ जाती है।

लड़का हमेशा गर्व से कहता है :–उसके पास इतने जगह से Offer आये शादी के ।

उसने इतना जगह Reject किया।

लड़की के हृदय में हमेंशा–हमेशा के लिए एक घाव हो जाता है कि उसे इतने जगह से ठुकराया गया।

यही सबके साथ होता है।

वही लड़की वाला जो इतना अपमान सहता है, अपने लड़के के वक्त दूसरो को वैसा ही अपमान देता है।

इस व्यवस्था में हमेशा जीतता है आदमी, हारती है औरत।

अध्याय–7

हरिदास राय के बड़े लड़के थे सुजीत राय : बड़ी–बड़ी आँखें, लम्बी नाक, सुन्दर ओठ, सफेद सुन्दर दाँत और चेहरे पर चमक थी, भरा पूरा शरीर, चौडी छाती लेकिन रंग साँवला था। इनकी शादी हुयी उर्मिला राय से जो सुन्दर तो नहीं थी पति की तुलना में, पर रंग बहुत गोरा था।

सुजीत राय पहले खुब हँसमुख थे, दिल में उमगें थी, कुश्ती भी करते थे।

एक बार जोश में गाँव वालों के ललकारने पर कुश्ती के दंगल में एक नामी हका पहलवान को हरा दिये थे। बाद में परिणाम स्वरूप इनके मुँह से खुन आ गया था। युवा होने पर Army में, सेना में भर्ती हो गये। पहले खूब शौक था, रेडियो सुनते थे, हँसी करते थे, अपने परिवार को अपने साथ रखते थे।

लेकिन जब एक लड़के के बाद एक–एक करके चार लड़कियाँ हुयी तों पूरे परिवार को गाँव में Shift कर दिया। बच्चों को Central School से Primary School में Admisssion करा दिया। शायद उन्हे भविष्य की चिन्ताओं ने धर दबोचा! आखिर एक साधारण जवान की Payment भी कितनी! फिर उन्हे अपनी लड़कियों की शादी भी तो करनी थी।

अब सबने जो सुजीत राय का रूप देखा वो था––– घर से बाहर रहने वाला, रात को घर आने वाला, बहुत ज्यादा प्रतिदिन शराब पीने वाला पिता, देर रात एक बक–बक करने वाला पिता––– मैं दुनियाँ का सबसे गरीब आदमी हूँ,

मेरी चार बेटियाँ हैं। मेरी चार बेटियाँ हैं।

मेरी चार बेटियाँ हैं। मैं सबसे गरीब हूँ।

यही प्रतिदिन शराब के नशे में बोलने वाला पिता ।

लड़के ने जो रूप देखाः– लड़के को रोज ढोलक की तरह पीटता पिता, जो रोज उससे यही कहता–'जल्दी कुछ हो जा पढ़ लिख कर वरना लोरा–लोरी होगी मेरे तेरे बीच। मैं गरीब आदमी हूँ। मेरी चार बेटियाँ हैं।'

शराब पता नहीं पहले से प्रिय थी या परिस्थितियों ने प्रिय बना दिया लेकिन सच अब यही था कि शराब पिता के जीवन का अभिन्न अंग हो गयी।

महात्मा गाँधी, हमारे राष्ट्रपिता, हमारे बापू शराब की बहुत निन्दा करते थे, सारी बुराइयों की जड़ मानते थे। शराब मनुष्य की आत्मा को मार देती है, वो मनुष्य के अच्छा–बुरा सोचने समझने की शक्ति खत्म कर देती है।

अध्याय—8

माता—पिता, उर्मिला—सुजीत की तीसरी सन्तान थी

किरन।

बेटियों में दूसरी ।

सब बच्चे तो माँ पर गये कम—ज्यादा, लेकिन किरन पड़ी थी अपने पिता पर।

वैसा ही सुन्दर चेहरा वैसा ही बड़ी—बड़ी आँखे तथा सुन्दर ओठ,

उन सुन्दर ओठों पर हमेशा रहने वाली मुस्कराहट, पर साथ ही मिला था पिता का रंग साँवला, साँवलापन। सब लोग कहते:— किरन बहुत सुन्दर है, सब बच्चों से ज्यादा सुन्दर, बस रंग उसका साँवला है, मद्धिम है।

अध्याय–9

बाल मन, समय के साथ–साथ अभी बढ़ना शुरू ही हुआ था कि तभी जैसे पूरे देश में जैसे एक परिवर्तन की आंधी चल पड़ी। और वह आंधी थी संयुक्त परिवार टूटने की। न जाने कितनी पीढ़ियों से चली आ रही अब यह परम्परा टूटने लगी। कोई परिवार, कोई मुहल्ला, कोई गाँव इस बदलाव से अछूता न रहा।

धन की महत्ता बढ़ने लगी। सब लोग अपना–अपना करने लगे। भाई–भाई बटने लगें। इन सब का सबसे ज्यादा असर बाल मन पर पड़ा, जिसे बाल मन आज तक अपना मान रहा था एक ही झटके में वो पराया बताया जाने लगा।

यह परिवार भी इस परिवर्तन से बचा न रहा, सब कुछ का बटवारा होने लगा। पूर्वजों को याद किया जाने लगा पर सम्मान के लिए नही, किससे कौन सी शाखा चली थी, किसको कितनी हिस्सेदारी मिलेगी,इसलिये। पहले कमरों का बटवारा हुआ, फिर जब घर कम पड़ने लगा तो दुआर को तोड़ा जाने लगा। उस दुआर, उस बाहय बैठका को जिसे पूर्वजों ने बड़े भाव से बनाया था ।

हर एक चीज चाहे खम्भा हो, चाहे छप्पर हो चाहे ताखा हों, सब कुछ कलापूर्ण था भावपूर्ण था, लेकिन अब निर्दयतापूर्वक सब तोड़ा जाने लगा।

कला पर उपयोगिता महत्व पाने लगी। भाव पर भाव शून्यता। मानों पूर्व पर पश्चिम की विजय ।

भाव तथा कला से भरे हुए अन्न रखने के लिए जो कठोर बने हुए थे जिसको गाय के गोबर से पुताई होती थी, तोडे जाने लगे।

और घरो में अब रखा जाने लगा–निर्जीव टिन, एक एल्युमिनीयम के ड्रम।

सुन्दर मिट्टी से बने हुए घरों को तोड़कर बना दिया गया– भाव शून्य सौन्दर्य विहीन ईटों की दो–तीन तला मकान।

अध्याय–10

अब बारी थी इस बडे परिवार के बटने की। सब कुछ वैसे ही बटा जैसे पूरे देश में।

सब कुछ बाट लिया गया हिस्सा–हिस्सा करके, परिवार बट गये तथा लोग भी।

अब बारी थी उन निसहाय बाल विधवा औरतों की जिनका अपना कोई सगा नही था।

जो इतने बड़े परिवार को ही अपना समझ रही थी, इस परिवार के बच्चों की ही अपने बच्चे समझ कर पालन कर रही थी, अपना मान रही थी लेकिन वो अपने नहीं हैं! बटवारे ने इस सच को उनके सामने ला दिया।

उनके सामने ही इस परिवार के घटक बैठक यह तय कर रहे थें–कौन किस विधवा का भार लेगा?

हॉ! अब वह सब नये परिवार के लिए भार थी। तब कुछ लोगों ने तय किया कि जो उनकी सेवा करेगा, उनको उनकी संपत्ति का हिस्सा मिलेगा।

इस तरह उनका भी बटवारा हो गया। किसी को कोई मिला, किसी को कोई।

बच्चों के बाल मन को ज्यादा तो नहीं समझ आया पर यह जरूर दिखा कि अब बहुत सारे चुल्हें जलने लगें।

खाना जहाँ सब लोग पहले एक जगह खाते थे, वही अब सब लोग अलग–अलग खाने लगें। साथ ही सोने का स्थान भी अलग–अलग हो गया।

कुछ बच्चे तो इस व्यवस्था में अपने ढ़ल गये तो कुछ को ढालना पड़ा।

किरन को ढ़ालना पडा, डाट फटकार के, काकी से अलग सोने और खाने के लिए। अब किरन चुपके से काकी के साथ खा आया करती थी, पकड़ में आने पर किरन की पिटाई होती थी।

इस पर काकी रोकर चुप रह जाती थी वो कुछ बोल नही सकती थी।उसमें उनकी मजबूरी थी, काकी को दमा था। बड़ी भयंकर खाँसी उठती थी और घर वालों को भय था, आशंका थी कि काकी के पास खाने से किरन को भी यह रोग न हो जाय!

लेकिन इसके अलावा कोई किरन की शिकायत करें या उसके साँवलेपन की बात करें,

तो काकी लड़ पड़ती थी।

छोटी किरन भी काकी की यदि कोई शिकायत करता था तो काकी को जरूर बता आती थी। बच्चों द्वारा दरवाजो पर बोई गयी बीज---- लोकी के, नेनुआ के, कोहड़ी के जब अंकुरित हो जाते, भूमि फोड़कर निकल आते तो किरन पहले दौड़ कर काकी को खबर करती और कुछ ही महीनों में जब पौधे बढ़कर पुरे छत पर फैल जाते तो छोटी किरन आश्चर्य में डूब जाती।

बाल मन के अनगनित प्रश्न और काफी अपनी क्षमतानुसार उत्तर देती रहती।

अध्याय–11

समय अपनी गति से आगे बढता रहा और साथ ही जीवन भी। शीघ्र ही किरन और काकी के बिछडने की बेला आ गयी हमेशा – हमेशा के लिए ।

यह तो होना ही था–

एक का जीवन अपनी संध्या बेला में था तो दूसरे का अभी क्षितिज में उदय हो रहा था।

काकी बहुत बीमार पड़ गयी और अपनी मृत्यु शैया पर लेट गयी। तब उनकी प्यारी सी किरन जो अब कक्षा 7 में पढती थी तथा गॉव के और हम उम्र लड़कियों की तरह खाना बनाना सीख रही थी।

स्कूल जाने से पहले तथा स्कूल से आने के बाद प्रतिदिन उनके पास बैठने लगी। उनकी सेवा करने लगी। कभी–कभी अपने हाथों से रोटी बनाकर उनको दूध रोटी खिलाने लगी।

रात्रि में लालटेन की रोशनी में उनको राम चरित मानस पढ कर सुनाने लगी तथा साथ ही सुनाती थी अपने स्कूल की अनगनित बातें।

काकी पहले किरन को अपनी गोद में बैंठकर कहानी सुनाती थी अब किरन उनका सर अपने गोद में रखकर सुनाती थी अपनी बातें और काकी मुस्करा देती थी। अन्ततः उनकी इन्द्रियों की शक्तिया क्षीण होने लगी थी और वह अन्त समय आ ही गया–काकी चली गयी वहाँ जहाँ से फिर कभी कोई और लौट कर नहीं आता।

सब लोग रोकर, फिर आगे के कार्यक्रम के लिए व्यस्त हो गये लेकिन किरन रोई और खुब रोई ।

अध्याय–12

समय अपनी समान गति से आगे बढ़ता रहा। अब, साँवली सलोनी प्यारी सी किरन एक बड़े स्कूल में जाने लगी। इण्टर कालेज बेटाबर कलॉ। कक्षा 6 से 12 तक ।

नया वातावरण, किरन का मन लगने लगा। इस स्कूल में कक्षा 6 से 8 तक के बच्चों की पढ़ाई पेड़ों के नीचे होती थी, स्कूल से सटे आम के बड़े–बड़े वृक्षों के नीचे, कुछ–कुछ गुरू रवीन्द्र नाथ टैगोर के शान्ती निकेतन की तरह और कक्षा 9 से 12 की स्कूल के बने कमरों में बेच पर बैठकर ।

यह स्कूल कई गाँवों के मध्य में था इसलिये आस पास के कई गाँवो के बच्चें–बच्चियाँ यहाँ पढ़ने आते थे। स्कूल प्राकृतिक रूप से बहुत सुन्दर था। पढ़ाई भी अच्छी होती थी। छोटे बच्चों की छोटी छोटी बातें :– अरे 9 में तो बेंच पर बैठ कर पढ़ाई होती है। कब हम लोग 9 में पहुँचेगे जी! हम लोग तब बेंच पर बैठ कर पढाई करेंगे, बड़ा मजा आयेगा!

जब बरसात होती तब छोटे बच्चों का छुटटी कर दिया जाता। छोटे बच्चे भीगते दौड़ते आन्नद मनाते घर लौट पड़ते।

किरन को भी यहाँ बहुत अच्छा लगा। साथ ही इस स्कूल कुछ नयी सहेलियाँ भी मिली । इन्हीं में एक थी प्रमुख, नितु। नितु को भी किरन बहुत अच्छी लगी, दिल की एकदम साफ,हर बात पर मुस्कारने वाली तथा साथ ही पढाई में भी तेज। शीघ्र ही दोनों ही अभिन्न सखियाँ बन गयीं। साथ–साथ स्कूल जातीं पास बैठतीं, साथ ही स्कूल से आतीं, गोटिया खेलतीं– खाने बनाकर गोटी डालकर तिक तिक खेलतीं। कभी–कभी आपस में रूठ जाती किसी बात पर, बातें बन्द।

लगता है जैसे अब कभी बात न होगी लेकिन दो दिन बाद ही फिर से मिल जातीं।

एक एक दिन, एक एक महीना, एक एक वर्ष करके समय बीतता रहा। सब लोग साथ ही बड़े हो रहे थे। उन दिनों जब कक्षा 9–10 में विज्ञान वर्ग बहुत कम लड़कियाँ लेती थी तब उन दोनों ने विज्ञान लेकर, बिना किसी बाहरी सहायता के आपस में एक दूसरे के साथ पढ़कर अच्छे नम्बरो से High School पास कर लिया ।

अध्याय–13

सुन्दर प्यारी, मासूम, संवेदनशील किरन अब कक्षा 11 में पढ़ने लगी। गाँव की बूढ़ी औरते जो सिर्फ यही जानती थी कि किसी तरह बेटी के हाथ पीले हो जाय, उसकी मांग में सिन्दुर पड़ जाय अर्थात उसकी शादी हो जाय तो बस जीवन का उद्धार हो जाता है, बाप के सर का भार उतर जाता है।

उनको किरन का कोई और गुण तो नहीं दिखाई देता था, दिखता था तो केवल उसका साँवलापन जो उनके लिए बडी चिन्ता का कारण था!

और प्रायः वे बूढ़ी औरतें किरन को बोल पड़ती थीः– आह रे बचिया तु त सुजीत के एडिये घिसवा देबु लड़का खोजे में और उनकर पूरा झोलीये खाली हो जाइय।

कोई भी उस समय इन बातों के दुष्प्रभाव को, किरन के मासूम मन पर पड़ रहे इन बातों के प्रभाव को नही समझ पाया। ना ही कोई एक शब्द बोला किरन की तरफ से, न सगा भाई, जिसके हाथ पर किरन बड़ी खुश होकर बड़ी सी राखी बॉधती थी न सगी माँ, जिसने किरन को जन्म दिया था बोलने वाली तो सिर्फ काकी थी जो अब बहुत दूर चली गयी थी। इतनी दूर जहाँ से कोई आवाज नहीं आती।

धीरे–धीरे उन बूढ़ी औरतों की बातों ने किरन के बाल मन पर असर डालना शुरू कर दिया।

बड़ी होती किरन कभी–कभी शीशे के सामने खड़ी हो जाती।

वह अपने को ध्यान से देखा करती, मन बूढ़ी दादियों के बातों पर दौड़ जाता,

फिर अपने पास लौट आता, यही साँवला रंग है,

यही मेरा रंग है।

और मैं साँवली हूँ।

उसके अन्दर कभी–कभी सिहरन हो उठती। उसके अन्दर एक अनजाना सा भाव उठता,

शायद एक अनजानी सी भय।

एक दिन जब वह कमरे में बैठे हुए थी तो अचानक उसका ह्रदय मरोड़ने लगा उन बूढी औरतों की बातों से। वह पलंग पर लेट गयी और अपनी ऑखें बन्द कर ली। लेकिन मन उसका यात्रा करने लगा। आस–पास के लोग, बन्द ऑखों के अँधेरे में चल चित्र की तरह आने लगे, एक–एक करके, माँ, भाई–बहने, दादी, घर के लोग चाचा–चाची फिर स्कूल के बच्चे, अध्यापक।

उसका मन वर्गीकरण करने लगा– ये गोरे हैं, ये काले हैं।

ये काले हैं,   वो गोरे हैं,   माँ गोरी है,   पिता काले हैं।

कुछ गोरे हैं,   कुछ काले हैं,

फिर पता नहीं कब वह छोटी बच्ची सो गयी। कुछ देर बाद सभी लोग उसके विस्तर के पास खड़े थे। किरन को बहुत तेज बुखार हो गया था। वह न जाने क्या–क्या बड़बड़ाये जा रही थी। किसी को कुछ समझ में नही आया।

उस समय गाँव में एक ही डाक्टर थे रविन्द्र, डाक्टरी की डिग्री नहीं थी उनके पास पर किताबों से पढ़कर दवा दे देते थे तथा गाँव वालों का उनमें पूर्ण विश्वास था। डाक्टर साहब को बुलाया गया, उन्होंने बुखार कि दवा दे दी। लेकिन अचानक इतने तेज बुखार का कारण न बता सके।

उधर घर की बूढ़ी औरतें जिनकी वजह से यह सब कुछ हुआ था, किरन के बुखार का कारण ढूढ रहीं थीं–––: एक बूढ़ी बोली– लग रहा है इ डर गयी है खड़िया के पेड़ के भूतवा से।

दूसरी बोली:– नाही रे इ डरी है बसवार की चुड़ेलवा से।

इस तरह की बातें कर रहीं थीं।

खैर यह तेज बुखार तीन दिन तक बना रहा फिर अचानक ही उतरने लगा धीरे–धीरे।

अध्याय—14

एक हफ्ते, 10 दिन में किरन पूर्णरूप से स्वस्थ हो गयी ।

लेकिन अब वह कुछ बदल सी गयी, कुछ अर्न्तमुखी, दृढ़ तथा गम्भीर।

एक दिन रविवार के दिन दोपहर समय में घर की औरतें सतबेनिया बाले बरामदे में बैठी थीं। उस जगह पर दो जगह से खुला होने के कारण झुर—झुर करके बड़ी अच्छी हवा बहती है, तभी वहाँ कहीं से किरन आकर बैठ गयी। उसे देखकर मलकाइन आजी बोलीं— अरे मैं तो सोची कि सुजीत बेटवा का कुछ लाख रूपये बच जाइ दहेज क लेकिन तुम तो ठीक हो गयी जी। लग रहा है बिना रूपये लिए तुम नहीं हिलोगी।

सब लोग हँस पड़े।

तब किरन बोली— पैसा तो ऐसे ही बच जायेगा पापा का। मैं शादी ही नहीं करूँगी।

दादी बोली— अरे, तो क्या करोगी ?

किरन कुछ सोच में पड़ गयी। वो तो अचानक ही यह सब बोल पड़ी थी। तभी उसे अपनी एक सखी की बात याद आ गयी। उसके पिता पुलिस थे। वह सखी अपने पिता की तथा उनके कामों की खुब बाते करती थी———पुलिस अर्थात् जो चोरों को पकड़ती है, गलत काम से लोगों को रोकती है, न्याय दिलाती है, अच्छे काम करती है।

किरन बोल पड़ी— मैं पुलिस बनूँगी।

सब लोग हँसने लगे। आज तक इस घर में कोई लड़की पुलिस नहीं बनी है तो तुम कैसे ?

किरन— लेकिन मैं तो पुलिस बनूँगी ही।

किरन बहुत खुश हो गयी। अचानक निकले मुँह के शब्दों ने उसे बहुत आन्तरिक बल दिया।

वह कूँदने लगी। वह बरामदे में कूद–कूद कर दौड़ने लगी। साथ ही जो भी उसे मिलता उसे कहती–मैं पुलिस बनूँगी। मैं पुलिस बनूँगी।

आज उसे बहुत अच्छा लग रहा था। शाम को जब उसकी सहेली नितू घर आयी तो किरन उससे बोली बहुत खुश होकर के :– नितू मैं पुलिस बनूँगी, तू भी पुलिस बनना । नितू बोलीः– ना बाबा ना; मुझे तो Teacher , अध्यापक बनना है। मुझे तो खूब किताबे पढ़नी है।

किरनः– तो क्या पुलिस में जाने पर किताब नहीं पढ़ते? लेकिन किरन की यह बाल खुशी कुछ दिन ही रह सकी ।

एक दिन बेटाबर स्कूल में हिन्दी के अध्यापक अंसारी जी ''आचरण की शुद्वता तथा जीवन में उसका प्रभाव'' के बारे में बता रहे थे– बच्चों जीवन में हमारा आचरण शुद्ध होना चाहिए। हमारे कर्म शुद्ध होना चाहिए। जो धन अपने जीवन में उपार्जन करते है वह ईमानदारी से होना चाहिए, इसका हमारे जीवन पर व्यापक प्रभाव पडता है। इसका एक साधारण उदाहरण देता हूँ।

तुम अपने आस–पास देखना, अपने गाँव में, अपने रिश्तेदारी में जो व्यक्ति पुलिस में होता है तथा गलत तरीके से धन कमाता है उसका चेहरा ओजहीन होता है। उसका परिवार में सुख शान्ती नहीं होती क्योंकि वह गलत तरीके से धन कमाता है। यद्यपि कुछ पुलिस वाले ईमानदार भी होते हैं लेकिन ज्यादातर उनमें ———————

आज किरन स्कूल से लौटते हुए बहुत उदास थी, बिना बोले चुपचाप घर चली आयी।

अध्याय—15

अगले कुछ दिनों में पुलिस बनने की इच्छा किरन के मन से सूखे पत्ते की तरह झड़ गयी। लेकिन साथ ही उसके मन में एक दृढ़ निश्चय आया। उसे कुछ करना है, उसे कुछ बनना है, यह धुन उसके ऊपर सवार हो गयी।

उसे कुछ करना है इस जीवन में, अब वह आंधी में उड़ने वाले तिनके की तरह नहीं रहेगी कि हवा जिधर चाहे ले जाय, वह कुछ करेगी जीवन में तथा दुर्बल बनाने वाली बातों पर ध्यान नहीं देगी तथा किसी भी कीमत पर रोयेगी नहीं चाहें अब कोई भी उसके साँवली होने के बारे में कितना भी बात करे।

उसने मन में निश्चय किया— हाँ! अब इन दुर्बल बातों पर मुस्कुराऊँगी, अवश्य मुस्कुराऊँगी। जल्द ही उसके सामने इस निर्णय की परीक्षा की घड़ी आ गयी। घर में एक चाची थी। उनकी सबसे छोटी लड़की का नाम ममता था। एक दिन न जाने किस बात पर चाची ममता पर खूब नाराज हो गयी। बच्ची का दोष था या नहीं पर चाची बहुत नाराज थी——— 'भगवान जी ही कारण जानते हैं!'

बड़े संयुक्त परिवार में अक्सर ऐसा होता है कि घर की औरतें यदि अपने बड़ों से नाराज हो जायं तो चूँकि बड़ों को कुछ बोल नहीं सकती तो पूरा गुस्सा अपने मासूम बच्चों पर उतार देती हैं।

चाची ने ममता की खूब पिटाई की— करीठी, करीठी बोल के— इ लड़की तो हमें परेशान करने के लिए ही जन्म ली है, न जाने कैसे पैदा हो गयी इ करीठी।

ममता जोर से रोने लगी। दादी जल्दी से उस कमरे में गयीं, साथ ही किरन भी।

किरन को बच्चों का पिटाना बहुत खराब लगता था।

पर उसके कदम करीठी शब्द सुनकर ठिठक गये। वह लौट पड़ी छत पर।

छत पर ऊपर अच्छी हवा बह रही थी। नीचे से ममता के रोने की आवाज ऊपर तक आ रही थीं।

किरन के मन में कुछ द्वन्द चल रहा था। उसके अन्दर से कुछ बाहर आना चाहता था, पर वह उसे दबाये चली जा रही थी।

वह संकल्प पर संकल्प किये जा रही थी—नहीं, वह रोयेगी नहीं, वह रोयेगी नहीं किसी भी तरह, रोयेगी नहीं। पर अन्त में किरन के संकल्प का बॉध टूट गया और वह छत पर बैठकर रोने लगी।

अध्याय–16

दिन एक–एक करके बीतते रहे। फिर महीना भी जैसे पलक झपकते बीत जाता ।

किरन भी एक–एक कक्षा की परीक्षा पास करती हुयी कक्षा 12 में आ गयी।

एक दिन कक्षा में अध्यापक जी महान व्यक्त्वि और उनके कर्म के विषय में बता रहे थे।

बच्चों महान व्यक्त्वि वहीं बनता है जो प्रत्येक काम को पूर्ण मनोयोग से करता है। किसी भी काम को छोटा–बड़ा नहीं समझता। हमारे राष्ट्रपिता महात्मा गॉधी अपने आश्रम की शौचालय की उसी भाव से सफाई करते थे जिस भाव से वह पूजा या प्रार्थना करते थे।

बच्चों तुम्हे भी पढ़ाई के साथ–साथ घर के काम में भी माता–पिता का हाथ बढ़ाना चाहिए। काम करने से हमारा मन तथा शरीर स्वस्थ रहता है ।

पाठ समाप्त हुआ। स्कूल की छुटटी हो गयी। सब बच्चे घरों की तरफ लौट पड़े।

दौड़ते, कूदते, खेलते बातें करते।

अध्याय– 17

संयुक्त परिवार में घर की औरतें आपसी तना–तनी में अपने बच्चों को काम नहीं करने देतीं। केवल थोड़ा बहुत हल्का फुलका काम जैसे, थोड़ी बहुत रोटी सेक देना, किसी को पानी दे देना बस इतना ही।

आज अध्यापक जी की बातो का किरन पर बहुत प्रभाव पड़ा कि पढ़ाई के साथ–साथ घर का काम करने में भी मन में नई उर्जा पैदा होती है। अपने अन्दर एक आत्म विश्वास आता है। किरन ने निर्णय किया– कल से वह एक नयी शुरूआत करेगी। वह भोर में उठ जायेगी। प्रथम रसोई घर में जाकर सफाई करेगी, चूल्हे की, बर्तन की, जैसे घर की औरतें प्रतिदिन करती है, फिर नहा धो कर पूजा करके खाना खाकर के स्कूल पढ़ने जायेगी, इत्यादि। यह सब संकल्प लेकर किरन सो गयी।

रात बीती, भोर हुआ, किरन जग गयी। उस समय जाड़े के मौसम की हल्की शुरूआत हो रही थी, सब लोग सो रहे थे। एकबार तो किरन का भी मन हुआ– 'चलो सो जाते हैं' लेकिन दूसरे ही पल वह उठ बैठी। मुँह हाथ धोकर रसोई घर में गयी। फिर उसने अपने संकल्पानुसार रसोई घर की सफाई शुरू कर दी। जब रसोई घर का पूरा काम खत्म ही होने वाला था, किरन की जोर से खांसी आ गयी। माँ जग गयी। माँ कुछ सोयी, कुछ जगी हुयी रसोईघर में आयी। माँ ने देखा किरन जोर–जोर से खांस रही है साथ ही देखा पूरे रसोई घर की सफाई हो गयी है। अब किरन पोछा लगाने बैठी हुयी है। माँ एकदम भड़क पड़ी, ''आज तो देवरानी की साफ करने की पारी थी''। माँ को बहुत गुस्सा आया। एक मुक्का, जोर से उसके पीठ पर रख दी–''मर, काम कर करके तु मर, अगर कुछ हो गया न तुझे तो दवा भी नहीं कराऊँगी। एक तो वैसे ही करीठी, करिया बाली, दूसरे रोग कर ले। खटिया पर पड़ जाओगी तो मुझे ही देखना पडेगा! कोई दूसरा न देखेगा । करीठी कहीं की, चल उठ।

माँ गुस्से में न जाने क्या–क्या बोलती चली गयी। किरन रोने लगी थी। उसे बहुत दुःख हुआ; पिटाई की नहीं, माँ के उस शब्द से, अपनी माँ की, अपनी सगी माँ अपने कोख में 9 माह रखने वाली माँ, मुझे करीठी बोल रही है!

किरन को अपने अन्दर अपने ह्रदय में कुछ ऐठन, कुछ मरोड़ने जैसा महसूस हो रहा है। जैसे अन्दर कुछ टुट रहा हो ।

किरन को सहारा था अपनी माँ का, एक विश्वास था, चाहे और लोग मुझे कुछ भी कहे पर माँ तो कभी नहीं बोल सकती ऐसा। उसका मन रो पड़ा-----'मेरे साँवले होने में, मेरे करिया होने में, मेरा क्या हाथ है?'माँ के द्वारा प्रथम बार प्रयोग होने वाला ये शब्द उसके ह्रदय में गहरी चोट पहुँचायी। वैसे माँ सीधी व सरल थी बस परिस्थितियों बस थोड़ा कड़ा बोल देती थी और मानव मस्तिक का ये स्वभाव होता है कि एक बार जिस शब्द का प्रयोग कर ले, जिसका उच्चारण कर ले, उस शब्द का प्रयोग उससे होने लगता है–कभी–कभी या बार–बार, जाने–अनजाने। सम्भवतः वह शब्द अवचेतन में जमा हो जाता होगा!

आगे चलकर माँ ने इस करीठी शब्द का कई बार प्रयोग किया– कभी हँसी में, कभी गुस्से में, बिना इस तथ्य को जाने कि मेरी बच्चीं,मेरे हदय के टुकडे पर इसका क्या प्रभाव पड़ रहा है।

माँ आने वाले दिनों में बार–बार इसका प्रयोग करती चली गयी– कभी अपनी झल्लाहट दूर करने के लिए, कभी अपना क्रोध दूर करने के लिए।

कभी इस कारण वश, कभी उस कारण वश ।

आज किरन के मन में अपार दुःख हो रहा है पर किरन अपना दुःख किससे कहती, वो भीड़ में रहकर भी अकेली थी। वो सबके साथ रहकर भी अलग थी।आज उसे काकी आजी की बहुत याद आ रही थी और कोई था नहीं जिसे वो अपना दुख कहती। दो शब्द कहकर ह्रदय का बोझ हल्का करती।

अपनी खास सहेली नीतू से भी नही। क्या कहती वो नीतू से !

अध्याय—18

बुद्ध से भेट—

मन बड़ा बैचेन हो रहा था। क्या करूँ?

एक किताब पलटने लगी बेमन से । अचानक नजर एक जगह थम गयी——— दुःख है।

संसार में दुःख है यह शाश्वत सत्य है। दुःख का कारण है ।

और उस कारण को अर्थात दुःख को दूर किया जा सकता है।

अरे! ये किसके शब्द हैं जो जलते हृदय पर अमृत वर्षा कर रहे हैं।

ये तो बुद्ध के बचन हैं, महात्मा बुद्ध के । भगवान बुद्ध के।

न जाने कितनी बार उसने इन शब्दो को पढ़ा था, लिखा था परीक्षा देने के लिए पर आज पहली बार इन शब्दों की गहराई, दिल को छू लेने की ताकत महसूस कर रही थी वह।

किरन ने बुद्ध के बारे में उस किताब के छोटे अध्याय में जितना था पढ़ डाला। फिर बुद्ध से सम्बन्धित जितनी भी बाते थी पिछली कक्षा की किताबों में खोज खोज कर पढ़ा।

आह! मन कितना शान्ती महसूस कर रहा है—बुद्ध के बचनों से दुखः है, इस संसार में दुखः ही

दुखः है ।

किरन का मन भगवान बुद्ध में उलझता चला गया और किरन का मन कब बुद्ध की वचनों में, वाणी, में, बुद्ध के जीवन में कब डूब गया कुछ पता ही नहीं चला और एक यात्रा, अंतरयात्रा की शुरूआत हो गयी।

दिन विदा हुआ।

धीरे–धीरे रात्रि घिर आयी । गाँवो के घरो के चूल्हे जल पड़े। जाड़े की लम्बी रातो की शुरूआत हो रही थी। गॉवों में वैसे ही लोग जल्दी सो जाते हैं, घर के लोग भी खाना, भोजन करके सोने की तैयारी में थे।

रात्रि गहराने लगी। सब लोग सो चुके पर किरन की आँखों में नीद नहीं।

वह छत पर आ गयी। शुक्ल पक्ष का चॉद, ऊपर आकाश में चढ़ रहा था।

सामने तालाब का पानी छत से धवल लहरों से कम्पित दिख रहा था । गाँव की गलियों में कुत्ते कभी–कभी भौकना शुरू कर देते थे। उनके भौकने से रात्रि की गम्भीरता और बढ़ जाती। नीचे सब लोग नीद में सोये थे, और ऊपर छत पर किरन बुद्ध में खोये थी।

बुद्ध के जीवन में, बुद्ध की बातों में– दुःख है, इस संसार में दुःख ही दुःख है बोलने वाले बुद्ध, कपिल वस्तु के राजा शुद्वोधन के पुत्र बुद्ध, शाक्यवंश के राजकुमार बुद्ध, तीन ऋतुओं के लिए अलग–अलग तीन महलों में रहने वाले बुद्ध, सुन्दर पत्नी, कोलिय वंश की राजकुमारी यशोधरा के पति बुद्ध, ऐसी ही एक रात्रि में अपना सब कुछ छोड़ देने वाले बुद्ध, कहते हैः दुःख है।

हे प्रभु! मेरा मन भी आज दुखी है लेकिन आप क्यों दुखी हैं?

एक सुन्दर राज्य, एक सुन्दर भाव पूर्ण पत्नी, एक छोटा नवजात पुत्र, प्यार करने वाले पिता।

हे बुद्ध ! मैं एक करीठी, काली लड़की, उसपर से अज्ञानी। मुझे बताइये दुःख क्या है?

किरन की आँखों में आँसू आ गयें।

अचानक ही उस गम्भीर रात में किरन को महसूस हुआ कि वह साक्षात बुद्ध के समय में पहुँच गयी । उसे एक बार रोमांच हो आया, शरीर पूरा सिहर गया। ऐसे लगा मानो आज ही वह रात है जब बुद्ध इस नगर को छोड़कर जा रहे हैं।

किरन ने सामने मिट्टी की एक चौड़ी सड़क देखी जो तालाब के बीचों--बीच होते हुए इस गाँव से दूसरे गाँव को चला जाता था। किरन को एक दिव्य छाया अचानक ही गाँव के मन्दिर से निकल कर सड़क पर जाती प्रतीत हुयी ।

इस गम्भीर रात्रि में कौन जा रहा है?

अचानक महसूस हुआ अरे! ये तो बुद्ध जा रहे हैं! ऊपर स्वच्छ आकाश में तारे चम--चम चमक रहे थे ।

तथा घने बरगद के पेड़ पर पत्तों के बीच कभी–कभी जुगनू चमक पड़ते थे । बरगद के पेड़ के कुछ पछी कभी–कभी बोल पड़ रहें हैं। मानो! कपिल वस्तु को जगा देना चाहते हैं, इस गाँव को ....इस राज्य को

जागो--जागो--जागो पर गाँव वाले कहाँ जागने वाले थे!

किरन का मन दौड़कर उस दिब्य छाया सें बात करने लगाः-------हे गौतम जा रहे हो!

सब कुछ छोड़ के, इतने वर्षों के सम्बन्धों को तोड़ के, उन साथ बिताये मधुर यादों को मिटा के जा रहे हो ।

जानते हो उस दिन यह नगर कितना खुश हुआ था, कितना उत्सव मनाया था, जब आपके जन्म लेने का शुभ समाचार इसे प्राप्त हुआ था। राज्य की जनता में ज्योतिषियों की भविष्य वाणी बिजली की तरह फैल गया था प्रजा जानती थी जो महान राजकुमार जन्म लेगा इस राज्य में, वो महान् करूणा वान, लोगों को दुःख दूर करने वाला राजकुमार होगा और आप सिद्धार्थ यशोधरा को छोड़कर जा रहे हैं!

निरीह यशोधरा को वो भी सोती हुयी!

उस यशोधरा को जो आपके सिवा कुछ जानती भी नहीं!

जिसके प्राण सिर्फ आप में बसते हैं।

वो बेचारी, वो भोली जिसने प्रथम दिन से, प्रथम मिलन सें अपना सब कुछ आप में विलीन कर दिया।

आप की इच्छा, उसकी इच्छा, आप की प्रसन्नता, उसकी प्रसन्नता, आप की चिन्ता, उसकी चिन्ता, जैसे यशोधरा का तो पृथक अस्तित्व हो न हो!

बस सिद्वार्थ और सिद्वार्थ और केवल सिद्वार्थ

उस यशोधरा को जिसके साथ आपने इतने शरद--ग्रीष्म व वर्षा ऋतु साथ--साथ बिताये

जो आपके साथ ही किशोर वय से युवती बन गयी तथा अब आपके एक बालक की माँ भी।

उस यशोधरा को बिना बताये जा रहे हैं।

किरन का मन उस गम्भीर रात्रि में जैसे मानों कुछ पल के लिए अपने आपको भूल गया उसे याद रहा तो बस यशोधरा, बेचारी यशोधरा, भोली यशोधरा, प्यारी यशोधरा,

अरे! इन आँखों को क्या हुआ! गरम--गरम जल की धार निकलने लगी।

तभी अचानक ही वह दिब्य छाया आकाश में उठती हुयी प्रतीत हुयी।

क्या यह स्वप्न है! क्या मैं स्वपन देख रही हूँ!

वह दिव्य छाया आकाश में उठती हुयी पास सामने आ कर खड़ी हो गयी।

मस्तक मुण्डित संन्यासी, बड़ी--बड़ी आँखें, दिव्य आभा मंडल से चमकता चेहरा

मानो ह्रदय ने धड़कना बन्द कर दिया हो,

साथ ही जैसे वाणी की शक्ति भी चली गयी हो।

इधर नीचे रात में दादी की नीद खुली। उनकी हमेशा से आदत थी कि रात में नीद खुलने पर पहले आंगन में आकर, कमर पर हाथ रखकर आकाश में देखती थीं फिर पूरे घर का तथा छत का एक चक्कर लगाती थी कि सब ठीक तो है न! फिर जाकर सो जाती।

आज रात में इसी क्रम में वह छत पर पहुँची, वहाँ देखी किरन को---

घुटनों के बल पर खड़ी, दोनों हाथ जोड़े हुए, कुछ बुदबदाते हुए।

दादी धीरे–धीरे उसके पास आयी तथा उसके पीछे खड़े होकर देखने लगी,

अचानक उन्हें डर सा लगा वो उसको हिलाने लगी– किरन--किरन, यहाँ क्या कर रही हो? इतनी गहरी रात है, चलो नीचे, डर जाओगी बस!

किरन जैसे किसी स्वप्न से जगी हो। वह घबड़ा गयी सामने दादी थी और जिसे वह देख रही थी वह विलिन हो गए थे।

उपर आकाश में तारे चम–चमा रहे थे।

दादी– क्या कर रही हो? किसे हाथ जोड़ी थी? चलो जल्दी से नीचे नहीं तो उर्मिला आकर तुम्हें पीटती है!

किरन जल्दी से नीचे आ गयी तथा अपने बिस्तर पर जाकर सो गयी।

अध्याय– 19

सुबह उठी तो वह कुछ डर रही थी कि पिटाई होगी लेकिन घर का माहौल कुछ दूसरा ही था। मम्मी, सुमन दीदी, आजी, बाबा, सब लोग तैयार हो रहे थे, जल्दी–जल्दी, कहीं जाने के लिए पर कहाँ? किरन को चचेरी बहन नीलम से पता चला कि सुमन दीदी को दिखाने ले जा रहे हैं गाजीपुर शहर में शादी के लिए। लड़के वाले बलिया से आ रहे हैं देखने।

मम्मी जाते समय कह गयीः– आज घर ही रहना, स्कूल मत जाना। हम लोग शाम तक लौट आयेंगे।

उन लोगों के चले जाने के बाद किरन दौड़ते हुए छत पर गयी। सुबह के 8 बज रहे थे। सूर्य भगवान ऊपर आकाश में आ गये थे। उसने सूर्य भगवान को हाथ जोड़कर प्रणाम किया। उसे रात की याद आने लगी, बीती हुयी रात की,

क्या उसने जो देखा था, 'रात्रि के अधेरे में' वो स्वप्न था!

नहीं वो स्वप्न नहीं हो सकता ।

नहीं, उसका मन बार–बार गवाही देने लगा ।

नही, वो दर्शन, मधुर दर्शन उस संन्यासी का भ्रम नहीं था। भ्रम नहीं था वो ।

उसे कल की सब बातें याद आने लगी। क्या–क्या हुआ, कैसे उसका मन बुद्ध के बचनों से उनके जीवन पर चला गया फिर अचानक उसके बाल मन में, एक आशा जगी 'शायद आज फिर रात्रि में उनका दर्शन हो!' आज जरूर उनसे कुछ बात करूँगी, उनसे कुछ पूछुँगीं पर क्या?

ओह! समय जैसे रूक गया हो! कब दिन बीतेगा? कब शाम होगी?

नीचे नीलम कह रही थी कि सुमन दीदी की शादी होगी, बहुत मजा आयेगा शाम को।

अध्याय–20

शाम को सब लोग घर आयें। सब लोग खुश दिखायी दे रहे थे, मम्मी तो बहुत ज्यादा खुश थीं। दीदी को पसन्द कर लिए थे वो लोग और शादी भी तय हो गयी एक झटके में।

बलिया के हथौज गॉव के रहने वाले थे वे लोग।

लड़का तीन भाई तथा एक बहन थी। पहले वो लोग, किसी दूसरी लड़की को देखने आये थे जो आजी के दूर के रिश्तेदारी में भी पड़ती थी, देखने आये थे पर वो लड़की सॉवली थी इसलिये पसन्द नहीं आयी। यह जानकारी जब आजी को मिली तो उन्होंने तुरन्त सुमन को दिखाने का निर्णय कर लिया। सुमन सुन्दर थी, गोरी थी, पसन्द कर ली गयी। सब लोग प्रसन्न थे।

किरन को पहले थोड़ा विचित्र सा लगा–एक लड़की को अस्वीकार कर देना सिर्फ उसके रंग के कारण पर जल्द ही यह विचार, कहीं अन्दर दब गया, शायद सब लोगों की प्रसन्नता, शादी की तैयारी, उस विचार पर भारी पड़ी और वह चिन्ता मन के कोने में कहीं दब गयी।

अध्याय–21

घर में शादी की तैयारी शुरू हो गयी। पूरे घर की चूने से रंगाई पुताई हुयी। सबको नये–नये कपड़े, घर पर नित्य नये मेहमान। दिन कैसे बीत जाते ,पता ही नहीं चलता।

किरन चाह कर भी अपने लिए एकान्त नहीं खोज पाती। गाना–बजाना, नृत्य–संगीत इन्हीं में दिन–रात निकल जाते। आखिर में धूम–धाम से सुमन की शादी सम्पन्न हुयी। सुमन बारात के साथ ही विदा हो गयी।

पूरे शादी में किरन एक पैर पर दौड़ती रही मानों कितनी बड़ी हो गयी हो ! किसी का खाना तो नहीं छूटा! कोई पानी पिया की नही! किसको क्या देना है!

सबकी चिन्ता।

शादी तक किरन रसोई घर का सारा कार्य चाची के साथ संभाली रही।

अध्याय– 22

सुमन चली गयी। मेहमान भी विदा हो गये। घर फिर खाली हो गया और जीवन पूर्वतः। किरन ने न जाने कितनी राते उसने छत पर प्रयास की, ध्यान किया, प्रार्थनायें की पर उसे वह दिव्य सौन्दर्ययुक्त चेहरा न दिखायी पड़ा।

तो क्या सचमुच उसने जो देखा था उस रात्रि के अंधेरे में– वो स्वप्न था! मन का भ्रम था! या शायद इस जीवन के लिए उतना दर्शन ही पर्याप्त था।

या फिर उस भोली–भाली, स्वच्छ दिल वाली किरन के आने वाले जीवन में, एक के बाद एक, कभी न खत्म होने वाले दुःखों को देखकर, द्रवित होकर उस करूणावतार ने अपने को रोक न पाया हो और किरन को देखने आ गये हों पर किरन उस बात को कैसे समझ पाती।

क्या हुआ उस रात को इसका निर्णय पढ़ने वालों पर छोड़ते हैं। पर हां! किरन ने अपनी तरफ से पूरी कोशिश की, पूरी प्रयास किया। दर्शन तो नहीं हुआ पर इतना जरूर हुआ कि किरन अब जब भी भगवान बुद्ध पर ध्यान करती, उसके मन में अलग सा आनन्द आता, मन शान्त हो जाता।

अध्याय—23

जीवन आगे की ओर बहने लगा। दिन पक्ष, मास, वर्ष एक—एक करके बीतते जा रहे है। गाँव की कभी सुन्दर सुबह, स्वच्छ नीला आकाश, कभी सुहावनी संध्या लालिमा से भरी हुयी, कभी गाना—बजाना, कभी कोई नया समारोह, समय पानी की तीव्र रफ्तार की तरह बहता जा रहा था ।

सुबह होती है, घर में लोग उठते हैं अपना—अपना काम करते हैं। बाबा, तथा बूढ़े लोग खेतों पर जाते हैं माँ चाची लोग रसोई घर में तथा आजी पूजा करती हैं। खाना खाकर भाई—बहन, लड़के—लड़कियाँ स्कूल जाते हैं। अध्यापक आते हैं। 10—04 पठन—पाठन होता है, फिर सब बच्चे अपने—अपने घर।

नये—नये झगड़े होते हैं, सुलझते हैं नये—नये मित्र सखियाँ बनाती हैं, फिर रात में सब लोग खाना खाकर, बच्चे कहानियाँ सुनते हुए, कुछ बड़े बच्चे पढ़कर, बड़े बुड्ढे दुआरों पर गपशप करते हुए सो जाते हैं।

फिर नया सूरज, फिर नयी कक्षा ।

अध्याय—24

समय आगे बढ़ता रहा। किरन 12 पास करके अब कॉलेज में पढ़ने लगी थी। एक दिन कॉलेज जाने के समय किरन ने देखा कि नीलम को सजाया जा रहा है।

किरन को पता चला नीलम को देखने वाले आ रहे हैं—महेश्वर नाथ मन्दिर पर। सब लोग बहुत खुश थे, चाची तो बहुत ही ज्यादा, नीलम की शादी होगी इसलिए।

नीलम किरन से कुछ ही महीने बड़ी थी। वह दोनों एक ही कक्षा में पढ़ती थीं, साथ ही स्कूल जाती थीं। आज किरन उसके बिना ही कॉलेज गयी अपनी सहेलियों के साथ। दिन बीता, छुट्टी के बाद किरन घर आयी। घर में सब लोग बहुत खुश थे।

नीलम को पसन्द कर लिया गया था। पता चला— लड़का अपने परिवार के साथ जबलपुर में रहता है।

नीलम भी बहुत खुश थी। घर में एक नये शादी की तैयारी शुरू हो गयी।

अध्याय– 25

किरन एवं नीलम के उम्र में कुछ ही महीने का अन्तर था। अब मम्मी को लगने लगा कि किरन की शादी भी जल्द ही तय कर दूँ।

उसी बीच पापा 15 दिन की छुट्टी लेकर घर आये। उस दिन रविवार था। कॉलेज की छुट्टी थी। सब बच्चे घर पर ही थे। दिन में पापा छत पर कोने वाले कमरे में खाना खाने आये। तभी मम्मी कुछ इधर–उधर की बात के बाद किरन की शादी की बात उठा दी। उस समय किरन पापा के लिए लहसुन के हरे पत्ते एवं मिर्च की चटनी पीस रही थी। उसके कानों में आवाज पड़ी। उसके हाथ सील पर चलना अपने आप धीमा हो गये।

कमरे में हो रही बातचीत, शब्द उसे साफ सुनायी दे रहे थे।

मम्मी बोली :– नीलम की शादी तय हो गयी है। इस छुट्टी में किरन के लिए भी लड़का देखिये, साथ ही कर दिया जाय।

पापा:– अरे लड़का तो एक है मेरे दिमाग में।

मम्मी पूछीं :– कौन?

पापा:– गुड्डू, सुमन के देवर, बड़े दमाद के छोटे भाई।

मम्मी मुस्कारने लगी:– वो लोग करेंगे?

पापा:– क्यों नहीं करेंगे, मेरी सुमन है न, वह सब ठीक कर देगी। देखो, मेरा इलाहाबाद से जम्मू पोस्टिंग हो गया है। उनकी मम्मी को माता वैष्णव देवी का दर्शन करा दूँगा। गुड्डू को भी ले चलेंगे, तुम लोग रहोगी ही। वहीं बात करूँगा, देखना मुझे 100% विश्वास है शादी हो जायेगी।

किरन का चेहरा लाल हो गया। वह दौड़ कर नीचे भाग गयी। उसका दिल जोर–जोर से धड़क रहा था। इधर मम्मी थोड़ी देर बाद कमरे से बाहर निकली और मुस्कराते हुए बोलीः– देखों इस करीठी को, चटनी पीसने को बोली थी, आधा पीसी पता नहीं कहाँ भाग गयी। पता नहीं ससुराल में जाकर क्या करेगी। मम्मी बहुत खुश थी।

अध्याय–26

गर्मियों के दिन थे। मई का महीना, आजी ने घर में रामचरितमानस का पाठ रखा था। सन्त तुलसी दास द्वारा रचित यह दिव्य, भावपूर्ण, अदभूत ग्रंथ, भगवान राम का जीवन चरित्र गाथा है। आज लगभग 400–500 वर्षों से हिन्दुओं के घर–घर में पाठ किया जाता है। कोई मनौती पूर्ण होने पर या कोई शुभ अवसर पर, हिन्दुलोग 24 घण्टे का सम्पुट रखते हैं। इससे पूरे गाँव के लोग बारी–बारी से आकर, पुरूष तथा महिलायें दोनों तरफ बैठकर सामूहिक रूप से पाठ करती हैं। लगभग 24 से 28 घण्टे लगातार पढ़ने पर पाठ समाप्त हो जाता है। फिर दूसरे दिन संध्या को भोज का आयोजन किया जाता है।

घर के लोगों को पता था कि गुड्डू अच्छा गाना गाते हैं। अतः उनको विशेष रूप से बुलाया गया इस अवसर पर। घर के सब लोगों को पता चल गया था कि किरन की शादी गुड्डू से होगी। सम्पूर्ण पाठ के बाद भोजवाले दिन गाने बजाने का कार्यक्रम रखा गया।

गांव में कुछ युवा लड़कों का एक पार्टी थी जो अच्छा गाती बजाती थी। उन्होंने रामायण में भी गाया था। उनको बुलाया गया। दुआर के छत पर महफिल बैठी। लैम्प तथा कई लालटेन जलायी गयी। घर के छत से दुआर का छत दिखता था।

घर की सभी औरतें घर की छत पर थीं।

गर्मी के महीने का आकाश एकदम स्वच्छ था। तारे चमचमा रहे थे। महफिल जम गयी थी। गाना–बजाने की आवाज दूर–दूर तक जा रही थी।

पर किरन कहाँ थी!

वह बेचारी शरमायी सी, लजाई सी एक खाट पर दुबकी हुयी थी। गाँव की लड़की किरन पिछले दो तीन दिनों से वह एकदम दुबकी–दुबकी सी रहती थी कि कहीं उसे कोई देख न ले, वह एकदम शरमा गयी थी। वह सोने का प्रया्स कर रही थी पर गानों का शोर कानों में चल आ रहा था।

अध्याय–27

जुलाई महीने में जगत जननी माँ, जगदम्बा, वैष्णों देवी की यात्रा का पापा ने आरक्षण करा दिया– मम्मी–पापा, तीन बहनें तथा सुमन की सास तथा देवर गुड्डू सब लोगों का। जुलाई महीने में यह पूरी मंडली 'जय माता दी' बोलकर माता की यात्रा पर निकल पड़ी।

भोली–भाली किरन को बहुत घबराहट हो रही थी, उसे बहुत शर्म आ रही थी। क्यों पापा ने एक साथ रिजर्वेशन करा दिया। वह रेलगाड़ी में सीट पर सिकुड़ जा रही थी। ऐसे व्यक्ति के साथ यात्रा करना जिससे शादी की बात चल रही है। गाँव की भोली–भाली लड़की का हृदय जोर से बार–बार धड़क रहा था।

वह कभी–कभी गुड्डू को ओर देख लेती थी। फिर खिड़की से बाहर देखने लगती थी। रेलगाड़ी छुक–छुक करती हुयी अपने पीछे सब कुछ छोड़ते हुए अपने गन्तव्य की ओर बढ़ती चली जा रही थी।

पापा–मम्मी बहुत खुश थे। सुमन की सास तथा देवर गुड्डू की खूब आव–भगत हो रही थी। पापा तो अति प्रसन्न थे। उनकी प्रसन्नता तो हृदय में समा नहीं रही थी। अगल–बगल वालों से भी बता रहे थे। गुड्डू की तारीफ किये जा रहे थे। बहुत अच्छा गाते हैं ये, आप लोगों को सुनना है–

गाइये, न फिर गाने का दौर, रेलगाड़ी में ही शरू हो गया।

किरन रेलगाड़ी से बाहर देख रही थी। वह देवी माँ की इस गीत को गुनगुनाने लगी।

नमो नमो गौरी, नमो नारायणी

दुःखी दासे दया करों तबे गुण जानी।

अध्याय–28

यात्रा सकुशल सम्पन्न हुई। माता का दर्शन कर सभी लोग गाजीपुर वापस आ पहुँचे बुआ के घर। यहाँ से गुडडू और उनकी माँ बलिया चली जायेंगी और किरन अपने गाँव। बुआ के घर किरन को अन्तिम परीक्षा में लगाया गया जिसकी पापा पूरे रास्ते भर वर्णन करते रहे गुडडू की माँ से– किरन बहुत काम करती है। सुबह से लेकर शाम तक झाडू–पोछा सब खाना तो बहुत ही अच्छा बनाती है और बहुत ही स्वादिष्ट बुढ़ापे में आपकी बहुत सेवा करेगी और भी.......... पापा पता नहीं क्या–क्या कहे जा रहे थे।

उधर किरन सोचे जा रही थी किचन में– पापा भी न, लग रहा है जैसे मुझे शादी के बदले पूरे जीवन भर उनके घर दाई नियुक्त कर रहे हैं और तो शादी का कुछ मतलब भी नहीं है पापा के लिए।

फिर दूसरा विचार आया– क्या करें पापा भी? चार–चार बेटियाँ हैं, इस महंगाई के युग में।

फिर किरन खाना बनाने में जुट गयी, अकेले ही।

बाहर सब लोग बैठ कर बातें कर रहे थे, इधर अकेले रसोई घर में किरन खाना बना रही थी, बीच–बीच में मम्मी आकर बोल जा रही थी– जल्दी कर, उन लोगों की ट्रेन छूट जायेगी। वो लोग घबड़ा रहे हैं ।

इधर किरन भी घबड़ा रही थी। उसके हाथ कॉपने लगा था। मानों वह पहली बार खाना बना रही हो।

अन्ततः किरन ने बहुत ही अच्छा खाना बनाया, बहुत ही स्वादिष्ट।

सब लोग अपनी उंगलियाँ चाटने लगे। किरन ने खाना परोसा, खाने के बाद सब थालियाँ उठाई।

वे लोग ट्रेन से बलिया चले गये। पापा स्टेशन छोड़ने गये थे। जब ट्रेन चलने लगी तब पापा दोनों हाथ जोड़कर बोले उनकी माता से—

देखियेगा, बस सब आप ही पर है।

अध्याय–29

शाम को सब लोग बस से गाँव चले आये। पापा बहुत खुश थे, बहुत ही ज्यादा। खुशी उनकी चेहरे से झलक रही थी, बातों में भी।

मम्मी से कह रहे थेः– देखी मुझे, मैंने कच्ची गोटियॉ नहीं खेली। इतनी जल्दी दो बेटियों की शादी कोई कर पाया है गाँव में! मैंने किया है, मैंने।

पापा जब भी खुश होते या जब पी लेते तो ऐसे ही बहुत बातें करते।

मम्मी बोलीः– चुप भी हो जाइये किसी की नजर न लग जाये। पहले हो जाने दीजिये तब बातें कीजिए।

रात के 9 बजे किरन अपने चिर परचित स्थान पर थी, छत पर थी।

आकाश में तारें चम–चम चमक रहे थे। बड़ी ठंडी हवा भी बह रही थी। आज बहुत दिन बाद वह छत पर थी। उसे बहुत अच्छा लग रहा था। उसे सब याद आने लगा। पूरी यात्रा बातचीत, गाना। किरन थक गयी थी। किरन ने हाथ जोड़ा– हे प्रभु चलती हूँ। आज खूब सोऊँगी। मेरा सर ही घूम रहा है। ऐसा लग रहा है जैसे अभी भी रेलगाड़ी में ही हूँ। जाने का मन तो नहीं कर रहा पर ऑखे थक गयी हैं। चलती हूँ, खूब गहरी नींद सोने।

अभी वह छत की सीढ़ियों पर ही थी कि मोबाइल फोन बजा। गाँव में सिग्नल बहुत कम होने के कारण फोन ऑगन में लटका दिया जाता था।

मम्मी फोन लायी। पापा पूछे– किसका फोन है?

"बलिया से"– मम्मी बोली।

पापा बोलेः– जल्दी बात करों।

किरन की धड़कनें तेज हो गयी।

उधर से फोन पर सुमन थी, बड़ी बेटीः– मम्मी ठीक हो न। पापा को दो।

मम्मी ने Phone पापा को दिया।

सुमनः– पापा, गुड्डू जी कर रहे हैं कि वहाँ शादी नहीं होगी।

पापाः– काहे ?

सुमनः– किरन साँवली है न, कह रहे हैं कि लड़की काली है।

कहकर सुमन रोने लगी।

पापा किसी तरह बोले– "कोई बात नहीं" पर आवाज रोने जैसी उनकी भी हो गयी।

फोन कट गया। जैसे बिजली चमकी हो, किरन का दिल जोर से धड़कने लगा।

पापा उसी रात फिर से शराब पीने लगे तथा मम्मी से पता नहीं क्या–क्या बोलने लगे।

और वो मासूम बच्ची, किरन मानों बहुत बड़ा अपराध कर दी हो! जैसे कोई बहुत बड़ी चोरी करके पकड़ी गयी हो! वैसे सहम गयी। एकदम सिकुड़कर विस्तर पर पड़ गयी।

मैं काली हूँ, इसलिये उस गुड्डू ने शादी के लिये मना कर दिया।

पर, पर   इसमें मेरा क्या दोष है?

        मेरा क्या अपराध है?

किरन के आँखों में गरम आँसुओं की धार बह निकली।

        मन उसका पता नहीं क्या–क्या सोचने लगा। थोड़े देर बाद वह अपने को ही अपराधिन मानने लगी।

क्यों मेरे मन ने कुछ आशा बाँध ली थी।

क्या मैंने बचपन से करीठी, करीठी शब्द नहीं सुना था!

अपने घर वाले जब बोलते थे तब दूसरे से क्या उम्मीद।

उसे अपने मन पर बड़ा गुस्सा आने लगा फिर उसे गुड्डू के गाये हुए गीत याद आने लगे जो वो रेलगाड़ी में गा रहे थे–

गोरिया, चॉद की अजोरिया जैसन, गोर बालु हो,

तोहार जोड़ केउ, नइखे

तु बेजोड़ बालु हो,

गोरिया शब्द बार–बार कान में गूँजने लगा।

गोरी तेरा गाँव बड़ा प्यारा,

हमको लगे न्यारा

मैं तो गया मारा,

आ के यहाँ रे।

गोरी, तेरा ....

गोरिया, गोरी उसके लिए सौन्दर्य के मापदण्ड है,

फिर हे मेरे मन तुने कैसे कुछ आशा बॉध ली।

उसने तो रेलगाड़ी में जैसे गाने से इशारा कर दिया फिर भी हाय मन तुने कितना बड़ा धोखा दिया, सब जानकर भी;

फिर भी कल्पना, आशा

इस प्रकार अपने मन से ही वह लड़ते, झिड़कते पता नहीं कब वह सो गयी। उधर पापा बहुत रात तक बड़बडाते रहे।

अध्याय— 30

सुबह हुयी, नये सूरज भगवान निकले। सब लोग अपने–अपने काम में लग गये। किसान खेतो में जाने लगे। चरवाहे पशु लेकर तालाब कि ओर निकले, उनकी गले में बधी घंटियों की मधुर आवाज आने लगी। घर की औरतें नहाने–धोने में लग गयी।

किरन की आँखें फूल गयी थी मानों वह रात भर जगी हो या कौन जाने रात भर

रोई हो! थोड़ी देर बाद उसकी दो सहेलियाँ घर पर आ गयी। किरन को पकड़कर बैठ गयी, लगी सब बात पूँछने। किरन भी जैसे थोड़ी देर के लिए सब बात भूल करके,

सब कुछ भूल कर के....

उनको देवी माँ का माहात्मय तथा यात्रा वर्णन करने लगी, खूब उत्साह पूर्वक। बड़े–बड़े पहाड़, इतना दूर पैदल चलना पडता है। अंत में किरन बोली— तुम लोग भी जाना, बड़ा सुन्दर स्थान है।

एक बोली:– हाँ! हम लोग भी जायेंगे पर शादी के बाद क्योंकि हमारे पापा तो ले नहीं जायेंगे तो मेरे दूल्हे राजा जी को ही ले जाना पड़ेगा।

कहकर सहेलियाँ हंस पडी।

तब दूसरी सहेली बोली:– किरन हमने सुना है कि तेरी जिसके साथ शादी होने वाली है वो भी गये थे दर्शन करने।

किरन की जी धक से हो गया किसी तरह बोली:– हाँ।

अब तो दोनों सहेलियों को जैसे मौका मिल गया किरन को चिढ़ाने का, हँसी–ठिठोली करने का, आन्नद मनाने का,

––ओ अब पता चला–क्यों मेरी प्यारी सहेली जी की आँखें फूली हुयी हैं।

दूसरी बोलीः– हॉं जी! सच कह रही हो, लग रहा है रात भर सोयी नहीं है उनकी याद में।

कह कर दोनों सहेलियाँ हँस पड़ी। फिर लगी सब चिढ़ाने।

उस बेचारी लड़की किरन को अब समझ ही नहीं आ रहा था, कैसे इन प्यारी सहेलियों को सच बताये, दर्द सुनाये,

अन्त में किरन रो पड़ीः– नहीं जी वहाँ अब शादी नहीं हो रही। लड़के ने मना कर दिया। दोनों ने चौंककर साथ पूछा––– क्यों ?

किरन– क्योंकि मैं काली हूँ ।

तुम्हारी सहेली किरन काली है।

अध्याय– 31

रात के 8 बजे रहा था। ऊपर आकाश में तारे चम चम चमक रहे थे। पिता जी और बाबा दोनों पिता पुत्र ऊपर के कोने वाले कमरे में शराब पी रहे थे। आज पिता का पीने का मात्रा कुछ ज्यादा ही बढ़ती जा रही थी। साथ में पिता जी कुछ बडबड़ाते जा रहे थे।

पहले माँ आयीः– चलिये अब खाना खा लीजिये। बहुत देर हो रही है।

पिता शराब के नशे में बोलेः– ऐ चुप, मेरी माँ का घर है, माँ ने बनवाया है और पिता के साथ पी रहा हूँ। मेरी माँ का घर है आज मैं पीऊँगा।

पिता बार–बार यही शब्द सुना रहे थे।

मम्मीः– तो मैं कितनी रात तक जगी रहूँ। आप लोग खा लेते तो मैं भी खा के सो जाती।

मेरी तबीयत ठीक नहीं है।

पिता:– तुम हम लोगों का खाना रखकर जाओ।

माँ ने खाना रख दिया और चली गयी।

लेकिन जब शराब की मात्रा बढ़ने लगी तो बाबा को चिन्ता होने लगी– सुजीत, सुजीत चलो, अब खाना खाते हैं।

पिताः– अभी नहीं पिता जी, अभी और पीऊँगा। मेरा माँ का घर है मेरी माँ ने बनवाया है।

बाबा ने हँसकर कहाः– तो क्या माँ ने पीने के लिये बनवाया है। चलो उठो। अपने शरीर का भी ख्याल करों।

'आप सूबेदार बाबू जी तो मैं भी सूबेदार, आप मुझे नहीं मना कर सकते'– पापा झुमकर बोले। अब उन पर पूरा नशा छा गया।

वो जोर–जोर से बोलने लगे–मुझे Govt. देती है।

घर में कोलाहल से सब लोग जग गये। लेकिन कौन बोलने जाता, ये तो रोज की जब तक पापा की छुट्टियाँ रहती, दिनचर्या थी।

पापाः– 'फादर आज मुझे बहुत कष्ट है। मैं बहुत पीऊँगा। मैं जानता हूँ आप नहीं जानतें। क्या–क्या किया मैं उन लोगों के लिए। कैसे–कैसे ले गया। कितना खर्च किया। जाते समय हाथ जोड़कर बोला   लेकिन,   लेकिन उन लोगों ने–

पिता कुछ देर चुप रहे फिर बोलने लगे–मैं बताता उनको,   लेकिन मैं चुप हूँ, चुप हूँ मैं

क्योंकि कमी तो मेरी बेटी में है।'

कमी शब्द कमी,

किरन का मन झनझना गया।   तो आज पीने का कारण मैं हूँ।

पता नहीं कैसे इस कमी शब्द ने उसके अन्दर चिढ़ पैदा कर दी। उधर कमरे में पिता बोले जा रहे थे– 'मैं क्या कर सकता हूँ क्योंकि कमी मेरी बेटी में है।'

हाय प्रभु! इस कमी में उसका क्या योगदान था, पिता काले, बाबा काले पर किरन के लिए यही साँवलापन कमी हो गयी।

बाबाः– तो अच्छा तुम इसलिये पी रहे हो। मैं शादी कराऊँगा किरन की। उससे भी अच्छी। वो तो बेरोजगार था। मैं एक सरकारी नौकरी वाले लड़के से शादी कराऊँगा।

पापा खुश हो गये। पापा दिल के साफ थे बस रातमें शराब के कारण सब गड़बड़ हो जाता ।

पिताः– अरे बाबूजी यह भार उतार देंगे तो आपको एक बड़ी पार्टी दूँगा और 5 बोतल दूँगा। लेकिन कहाँ पर बाबूजी?

बाबाः— अरे मैने उसे नीलम के लिए देखा था, शेरपुर का है। उत्तर प्रदेष U.P. पुलिस में है। पिता के स्थान पर लगा है। मेरी बहुत इज्जत करता है, उसका भी नीलम से मन था। पर इन लोगों को जबलपुर पसन्द आ गया।

पिताः— अरे बाबूजी! आपका पैर किधर है लाइये पकड़ लूँ। यदि आप यह भार उतार दिये न तब तो मैं पार हो जाऊँगा।

बाबाः— अच्छा पीना बन्द करो, लाओ अब खाना खाते हैं।

पिता जोर से बोलेः— उर्मिला, खाना लगाओं बाबूजी के लिए।

घर में सब बच्चे, लड़कियाँ फिर से सो गये।

जगी थी तो केवल एक किरन। वो बेचारी कैसे सोती, उसकी शादी की बात हो रही है।

वो भी इस तरह से, भार कमी आदि शब्दों ने उसके अन्दर विचार की श्रृंखला उत्पन्न कर मन में प्रबल झंझावत पैदा कर दिया। ह्रदय भारी हो गया।

'अरे! शेरपुर वाले लड़के को तो देखी हूँ। आया था उस दिन बाबा को छोड़ने मोटर साइकिल से।' उसका ह्रदय कॉप गया।— 'अरे! वह तो गोरा है। अब फिर वही कहानी दोहराई जायेगी। शादी की बात चलेगी, सब लोग जान जायेंगे, वो मुझे देखने आयेगा फिर, फिर वो मुझे इन्कार कर देगा, और कारण, कारण वही होगा कि मैं काली हूँ, किरन काली है।'

उसने गहरी साँस ली। उसके मन ने करवट खाया— नहीं, अब मैं वही कहानी नहीं दोहराने दूँगी, क्या मैं ठुकराई जाने वाली निर्जीव गेंद हूँ, जो मुझे कभी इस पोल में कभी उस पोल में ले जाया जा रहा है शायद किसी पोल में फँस जाय ।

क्या मेरी कोई भावना नही है ? क्या मेरा कोई बजूद नहीं है ?

उसका मन चित्कार कर उठा— नहीं, जैसे लगा वह चिल्ला पड़ेगी और वह शब्द आकाश तक जायेगा, दूर चमक रहे तारों तक।

वह उठ खड़ी हुयी। अगले पल वह उस कमरे में थी जहाँ पिता–पुत्र खाना खा रहे थें।

''देखना फादर भूलना मत, आज मेरी छुट्‌टी खत्म हो रही है। कल सुबह मैं जम्मू चला जाऊँगा। आप भी दिन में शेरपुर चले जाइयेगा जरूर से'' पापा खाते–खाते बोले।

तभी उस कमरे में किरन की आवाज आयी– मैं वहाँ शादी नहीं करूँगी पापा।

पिता और बाबा ने चेहरा घुमाया ।

किरन कहे जा रही थीः– शेरपुर जाने की जरूरत नहीं, मैं शेरपुर शादी नहीं करूँगी।

पिता चिल्लाये–क्या बोल रही है तु ?

किरन– यही कि मैं वहाँ शादी किसी कीमत पर नहीं करूँगी, नहीं करूँगी।

नहीं करूँगी।

पता नही कैसे अन्दर इतना आत्म बल आ गया जो आज तक अपना कभी मुँह नहीं खोली थी किसी के सामने, आज दृढ़ और स्पष्ट शब्दों में मना कर रही थी।

पिता जी चिढ़ गये। चिल्लाने लगे, लगा जैसे मार न दे उसे। बाबा ने पकड़ लिया। माँ दौड़ी– दौड़ी आयी। किरन को पकड़ कर बाहर ले गयी।

बाबा ने पिता जी को झिड़काः– लड़की बड़ी हो गयी है, जवान लड़की को कोई मारता है।

पिताः– आपने देखा मेरे सामने मुँह खोल रही है। मेरे सामने।

''उसकी इतनी हिम्मत'' पापा ने दाँत पीसते हुये कहा।

बाबाः– क्या बोली है, कुछ भी तो नहीं। वहाँ शादी से मना कर रही है बस,

मैं दूसरी जगह देख लूँगा। बहुत लड़के हैं।

पिताः– अब मैं उसकी शादी की बात नहीं करूँगा।

बाबाः– ठीक है मैं देख लूँगा। तुम खाना खा के सोओ। कल, सुबह तुम्हे Train में जाना है।

अध्याय– 32

सुबह हुयी। सूरज भगवान निकले। पिता जी सुबह–सुबह ही तैयार हो गये थे। उनकी सुबह जमानियां से Train थी। पिता जी Army का Dress पहनकर एकदम तैयार हो गये।

ऊपर किरन जग गयी थी पर बेचारी की हिम्मत नहीं हो पा रही थी कि पापा के सामने जाय। वह जानती थी कि सुबह पापा एकदम अच्छे रहते हैं। लगता ही नहीं कि वही रात वाले पापा थे। पर नीचे जाने में उसके पैर कॉप रहे थे। नीचे घर की औरतें, बच्चे सब पापा के पास थे कुछ बातें हो रही थी। एक बार उसने सोचा– चलूँ नीचे पापा के पैर छू लूँ! पर हिम्मत नहीं पड़ी ओर वो चौकी पर बैठ गयी। फिर उसे लगा– जैसे पापा अभी ऊपर आयेंगे, किरन किरन बोलके कहेंगे कोई बात नहीं। मेरे सर पर हाथ रखेंगे।

आखिर, मैं उनकी पुत्री हूँ। इतनी बड़ी तो नहीं हो गयी!

वो जरूर मुझे समझेंगे। मेरे डर को, मेरे मना करने के डर को कि हमारा फिर से अपमान होगा। फिर से इन्कार होगा, फिर आप उस गम में पियेंगे।

छोटी बहन गीता थोड़ी देर में छत पर आयी। किरन को लगा जैसे पापा उसे बुलायेंगे।

पर गीता ने बताया पापा चले गये अभी–अभी।

किरन दौडी–दौडी दरवाजे पर गयी पापा के पैर छूने। 'अगर उनको दुख हुआ है, कल के कारण तो मैं माफी मांगूँगी।'

तो माफी माँगने वह दौड़ पड़ी पर पापा जा चुके थे

दरवाजा सूना था   किरन ने गली में झाका शायद गली के अन्तिम छोर पर हो और वह दौड़ जायेगी–पापा, पापा और पापा बोलकर।

पर वो गली भी सूनी हो गयी थी। किरन के आँखों से आँसू आ गये। छत पर आकर वह रो पड़ी। पापा आप मुझे समझे नहीं, अपनी बेटी को।

मैं इतनी बड़ी तो नहीं हो गयी हूँ।

आप कहेंगे तो मैं अब वहाँ भी अपने को दिखाने चली जाऊँगी पर परिणाम मुझे मालूम है– वो लड़का मुझे मनाकर देगा। मना कर देगा आपके भार को मना कर देगा आपकी साँवली बेटी को।

कह देगा वहीं पर कि लड़की काली है।

दीदी के ससुराल वालों ने तो फोन पर मना किया लेकिन वो सबके सामने मना कर देगा फिर पापा आप सबको कितना कष्ट होगा मेरे कारण।

उसी लिए मैंने मना किया था। किरन रोने लगी थी।

अध्याय– 33

समय पंख लगाकर उड़ता रहा। बेटाबर में भी दिन बीतते जा रहे थे। सूर्य भगवान निकलते, फिर डूबते। कुछ बूढ़े बाबा मरते, कुछ नये बच्चे जन्म लेते। कुछ नई शादियाँ होती। नीलम की भी शादी हो गयी धूम–धूम से और वह जबलपुर चली गयी।

अब किरन अपने उम्र में अकेली थी घर पर। खूब समय मिलता, खूब किताबे पढती, खूब भगवान बुद्ध पर ध्यान करती। उसे खुब आन्नद मिलता। उसके विचारों में गहराई आयी जो उसके चरित्र में तथा वाणी में प्रदर्शित होने लगी।

अध्याय– 34

पापा का **Transfer** स्थानान्तरण कुछ ही महीने बाद मुम्बई हो गया। मुंबई में **Navy** नगर में पापा को अपना क्वार्टर भी मिल गया। चूँकि मुम्बई में **Navy** का बहुलता है तथा थोड़े ही **Army** वालों की पोस्टिंग होती है। इसलिये जल्द ही अपना क्वार्टर मिल गया।

पिता जी अपने परिवार को लेने गाँव आये। सबलोग एक नये शहर की यात्रा पर निकल गये जो कि लोग बताते हैं कि सपनों को जन्म देती है तथा कुछ के सपनों को पूर्ण भी करती है। किरन को मुम्बई बहुत अच्छी लगी।

बड़ी–बड़ी बिल्डिग, साफ–सुथरी सड़क, भागते हुये लोग, अपने सपनों के पीछे, अपनी मधुर कल्पनाओं के पीछे। ये सब देखना उसे बहुत अच्छा लगता। पास ही बहुत बड़ा समुन्द्र, अनन्त जल राशि महासागर, लगातार गिरती–उठती लहरें कभी न थकने वाली।

किरन को समुन्दर किनारे बैठना बड़ा अच्छा लगने लगा। पास ही भगवानजी का मन्दिर, मन्दिर के पीछे बड़े–बडे पत्थर, मन्दिर से टकराती पानी की बड़ी–बड़ी लहरें, उन टक्करों से उठती पानी के छींटे, नमकीन पानी के छींटे तथा बहुत ज्यादा शोर, समुन्दर के लहरों का शोर, किरन को ये सब देखना बहुत अच्छा लगता। जब भी पापा ड्यूटी जाते किरन समय निकाल वहाँ आ बैठती। पवित्र ग्रंथ श्रीमद्भागवत् गीता जिसे महात्मा गांधी ने माँ कहा था में स्वयं भगवान श्रीकृष्ण कहते हैं मैं समुन्द्र हूँ।

किनारे पत्थरों पर बैठकर कुछ सोचना कितना अच्छा लगता!

नये–नये विचार मन में जन्म लेते। शरीर और मन रोमांचित हो जाता ।

जितना ज्यादा हम प्रकृति से दूर होते हैं हमारी सोचने समझने की शक्ति भोथरी होती जाती है, संवेदन शीलता कम हो जाती है।

जितना हम प्रकृति के पास आते हैं, उनका ध्यान करते हैं

उनसे संवाद करते हैं, उतने हमारे विचार गहराते हैं। भावनायें तीव्र होती हैं। संवेदनशीलता बढ़ जाती है। प्रकृति हमें सुन्दर बना देती है, आन्तरिक रूप से। विचार निश्चल, निर्दोष होने लगती है। इसलिए किरन बड़ी प्यारी होने लगी। उसकी बाते बिना छल–कपट के होती थी, पर उस समय उसे कोई समझ नहीं पाया।

समझता भी कैसे? सब लोग अपनी–अपनी दुनियॉ में बन्द थे, अपनी–अपनी विचारों में, भाई सुबह उठता, अखबार में नौकरी ढूँढता और **Interview** देता।

पिता सुबह **Duty** निकल जाते। रात में पीते और बोलते– 'मेरी चार बेटियाँ हैं, मेरी चार बेटियाँ हैं और मैं सबसे गरीब हूँ।'

अध्याय– 35

एक दिन पिताजी ड्यूटी पर चले गये थे। किरन मन्दिर के पीछे पत्थर वाले बेंच पर बैठकर समुंद्र की लहरों को देख रही थी, लहर बनती है उठती है फिर गिर कर के विलीन हो जाती है।

मौसम बड़ा सुहावना हो गया था। उस दिन आकाश मे हल्के बादल थे। मन में विचार आया इस तरह तो जीवन है, बनता है फिर जोर से उठता है और फिर विलिन हो जाता है।

एक लड़की बड़ी देर से किरन को देखे जा रही थी साथ ही बार–बार अपनी घड़ी भी।

प्रतीत हुआ जैसे किसी का वो इन्तजार कर रही हो। उसका समय ही नहीं कट रहा था, शायद आने वाला देर कर रहा था, जिसका वो इंतजार कर रही थी। फिर वह किरन के पास आ गयी और बोली– हाय! तुम धनिष्ठ वाले बिल्डिंग में रहती हो न ?

किरन ने गर्दन घुमायी– हॉं!

लड़कीः– मेरा नाम मधु है, और मैं भी उसी बिल्डिंग में रहती हूँ, 7 th floor पर। तुम्हें Lift में देखा है।

तुम्हारा क्या नाम है ?

किरनः– 'मेरा नाम किरन है।'

मधु हँस कर बोलीः– 'किरण! सूर्य की किरण! इसलिये यहाँ बैठी हो।'

किरण चुप रही।

मधुः– तुम यहाँ क्या कर रही हो?

किरनः– जी मैं ये समुन्दर देख रही हूँ।

मधुः– तुम ये देख रही हो! इसमें क्या? इसके अन्दर के जीव जन्तु तो नहीं।

किरण मुस्करायी और बोली:– जीवन और अनन्त की एक झलक देख रही हूँ, खैर छोड़ों आप यहाँ क्या कर रही हो ?

मधु:– अपने Boy friend का इन्तजार कर रही हूँ लेकिन लगता है वह कहीं फॅस गया है दूसरे काम से।

मधु, किरण के पास बैठ गयी उसी पत्थर पर और पूछी–हे, तुम्हारा कोई Boy friend है?

किरण ने उसकी तरफ आँखें फैलाकर देखा। 'ये क्या पूछ रही है जैसे कितनी परिचित है' उसने सोचा।

किरण बोली:– जी नहीं।

मधु:– चलो Boy friend न सही, मैं तो तुम्हारी friend बन सकती हूँ न ?

किरण:– क्यों नहीं।

दोनो की उम्र एक ही थी। लेकिन दोनों की दो दुनियाँ थी। अतः दोनों खूब बातें करने लगी जैसे बचपन की परिचित हो।

दूसरे दिन मधु अपने Boy friend से मिली।

मधु:– कहाँ रह गये थे कल?

देवेन्द्र– अरे मत पूछो। कल मेरे घर मामा, मामी और उनका लड़का आ गया था। नाराज हो, बहुत इन्तजार करना पड़ा होगा?

मधु:– नहीं, एकदम नहीं। कल तुम्हारे नहीं आने से मुझे कोई मिल गया था।

देवेन्द्र:– कौन ?

मधु:– बहुत ही अच्छा, बहुत ही प्यारी। मधु हँस कर बोली–

पर वह कोई लड़का नहीं, लड़की थी बहुत ही प्यारी, बहुत ही मासूम, एकदम बच्चों सी और जितनी ज्यादा वो प्यारी है, उससे ज्यादा प्यारी उसकी बातें हैं।

देवेन्द्रः– लग रहा है तुम्हारे उपर जादू हो गया है, मैं तो सोच रहा था आज पूरा दिन तुम्हें मनाने में ही चला जायेगा।

मधुः– जाता तो जरूर अगर वो नहीं मिलती।

देवेन्द्रः– अच्छा!

मधुः– जानते हो कल मैं खूब तारीफ की उसकी फिर वो क्या बोली।

बड़ी मासूमियत से– आज तक मैंने सिर्फ दो लोगो से मेरी तारीफ सुनी हैं एक काकी से और आज दूसरी बार तारीफ सुन रही हूँ, तुम्हारे मुँह से।

मधु बोली :– मैं एक दिन तुमसे मिलवाऊँगी तुम्हें बहुत अच्छा लगेगा।

अरे बाबा रे; क्या–क्या सोचती है वो इस छोटी उम्र में।

देवेन्द्रः– अच्छा चलो मैं मिलूँगा तो जानूगा कि किसने मेरी मित्र पर इतना जादू कर दिया।

अध्याय– 36

किरन और मधु दोनों चूँकि एक ही बिल्डिंग में रहती थी। अतः दोनों की अक्सर मुलाकाते हो जाती थी।

दोनों में घनिष्ठता बढ़ गयी, परिचय भी गाढा हो गया। पहले संयोगवश मुलाकातें हो जाती थीं अब उस लडकी को जब भी समय मिलता किरन के पास आ जाती थी। कभी–कभी घर से बुला ले जाती थी। एक दिन इसी तरह मन्दिर के पीछे दोनों सहेलिया बैठी थी, उस लड़की ने किरन से पूछा— एक बात पूँछु, मैं तुम्हारे घर आती हूँ तुम्हें लेकर नीचे चली आती हूँ कोई नाराज तो नहीं होता है?

किरनः– नहीं तो; नाराज कोई क्यों होगा ?

मधुः– जानती हो किरन। यहाँ अक्सर लोग मेरी निन्दा करते हैं। कभी–कभी तो मेरे पिता जी से शिकायत करते हैं।

किरनः— तो पापा क्या तुम्हारे गुस्सा हुए?

मधुः— मम्मी गुस्सा होती है लेकिन पापा तो कभी नहीं। उन्होंने तो कह दिया— मुझे अपनी बेटी पर पूरा भरोसा है।

वह कभी कोई गलत कदम उठा ही नहीं सकती। तुम उसे अपने जैसा गाँव की तरह मत बनाओं, बम्बई में है, थोड़ा धूम ले, दुनियाँ देख ले, फिर पता नहीं कहाँ शादी होगी। उधर दोनों सहेलियाँ बातें किये जा रही थीं अनगनित विषयों पर, साथ ही समुंद्र की लहरों की उठते—गिरते देख रही थीं।

उधर पापा के Unit में एक लांस नायक था आज अचानक उसने पापा से कहा ''सर जी अपनी बच्ची पर ध्यान दीजिये।

पापा– क्या हुआ ?

लांस नायकः— सर जी बुरा मत मानियेगा। आपकी बच्ची शर्मा जी की लड़की के साथ घूम रही है और शर्मा जी की लड़की को चूँकि आप नये हैं, इसलिये नहीं जानते लेकिन हम जानते हैं उसका स्वभाव ठीक नहीं है,

कैसे—कैसे कपड़े पहन के घूमती है और बाहरी लड़कों के साथ घूमने भी जाती है बाहर ।

पापा :— क्या बात कर हो लांस नायक?

नायक— सर जी आप बुरा मत मानियेगा। आप सीधे हैं इसलिये मैने आपको बता दिया। शर्मा जी लड़की का चाल – चलन ठीक नहीं है।

हम लोग तो दिन भर Duty करते हैं वो तो हम लोगों की औरतें सब बात बता देतीं हैं। और सर जी आज जब मैं Duty आ रहा था तो आपकी बच्ची को उस लड़की के साथ मन्दिर की तरफ जाते देखा और बाद में उस लड़के को भी उधर जाते देखा तो मैने सोचा आज सर जी को बता ही देता हूँ। यहॉ आकर बडी देर तक सोचता रहा कि बताऊँ कि न बताऊँ, फिर अन्त में सोचा चलो बता ही देता हूँ अपनी Duty पूरा कर देता हूँ फिर राय सर जाने।

पापाः— 'मैं अभी देख कर आता हूँ।'

उधर जहाँ दोनों सहेलियाँ पत्थरों पर बैठ बात कर रही थीं, देवेन्द्र भी वहीं पहुँच गया।

देवेन्द्र अच्छा जी यहाँ— बैठे—बैठे बातें हो रही हैं और मैं यहाँ—वहाँ खोजे फिर रहा हूँ।

मधु एकदम खुश हो गयी:— अरे तुम यहाँ ।

देवेन्द्रः:— क्यों आ नहीं सकता।

मधुः— अरे मेरा मतलब ये नहीं, मेरा मतलब था कि पहले से कोई Plan नहीं था । खैर जाने दो, इनसे मिलो ये है मेरी प्यारी दोस्त किरन।

किरन भी घबडा कर खडी हो गयी।

देवेन्द्रः– Hello ।

किरन कुछ नहीं बोली।

देवेन्द्रः— अच्छा हेल्लो नहीं, नमस्ते जी, आजकल मधु तो जब भी मिलती है

सिर्फ आपके बारे में बातें करती है। मुझे तो जैसे भूल ही गयी है।

किरन ने जैसे बातों को अनसुना कर दिया। वह मधु से बोलीः—'मधु मैं अब घर जाती हूँ'

मधुः—'क्या हुआ, थोड़ी देर रूको न'।

देवेन्द्र बोला– मुझसे बात नहीं करियेगा अच्छा अभी अपरिचित हूँ न इसलिए चलिये हम दोनों भी दोस्त बन जाते हैं।

देवेन्द्र ने किरन के तरफ हाथ बढ़ा दिया। किरन अचकचा गयी, 'नहीं मुझे दोस्ती की जरूरत नहीं'।

देवेन्दः– जब दोस्ती जरूरत के लिए की जाय तो वो तो स्वार्थपन होता है दोस्ती नहीं।

किरन को कुछ जवाब देते न बना। उसका मन कर रहा था जल्दी किसी तरह यहाँ से भागूँ।

किरनः— नहीं मेरा मतलब वो नहीं था। मेरा आज तक कोई लड़का दोस्त नहीं।

देवेन्द्र हँस पडाः— तो आपने कभी किसी लड़के से दोस्ती नहीं की,— इस जमाने में, इस युग में। और वो भी बम्बई में तो अब कर लीजियें।

मधु बोली– ''देवेन्द्र'' क्यों इस बेचारी की खिचाई कर रहे हो?

देवेन्द्र– ना, आज मैं नहीं छोडूँगा। आज तो मैं दोस्त बनाकर ही रहूँगा।

मैं भी तो मीठी–मीठी बातों का आनंद लूँ।

तो क्या कहती हैं किरन जी, मुझसे दोस्ती करेंगी?

किरन कुछ देर सोची– देखिये बुरा मत मानियेगा मुझे दोस्ती का कोई कारण या औचित्य नहीं समझ में आ रहा इसलिये Pls मुझे क्षमा करें।

देवेन्द्र– हे भगवान! अभी भी कारण, जरूरत।

अच्छा देखिये आप मधु की दोस्त है ठीक और मधु मेरी दोस्त है ठीक तब फिर दोस्त का दोस्त, दोस्त ही होता है। इस नाते तो आपका दोस्ता हुआ न!

चलिये अब तो हाथ मिलाइये।

मधु– चलो किरन, मिला ही लो, बेचारा इतनी देर से कह रहा है और एक नम्बर का जिद्दी है जो ठान लिया वो करेगा ही लेकिन दिल का एकदम बच्चा है।

किरन ने पता नहीं क्या कुछ देर तक सोचा फिर उसने उगलियाँ बढ़ा उसके हथेलियों जल्दी से छूँ दिया और कहा– अच्छा तुम दोनों बाते करों अब मैं जाती हूँ।

यह कहकर जैसे ही वह मुड़ी पापा एकदम पीछे ही खड़े थे। उनकी आँखे गुस्से से फैल गयी थी। दाँत उनके कटकटा रहे थे चूँकि किरन लौट पड़ी थी इसलिए पापा भी बिना एक शब्द बोले वहाँ से चल पड़े।

किरन की जी, ह्रदय जोर से धड़क गया था। अभी भी ह्रदय जोर से धड़क रहा था।

पता नहीं कैसे कैसे विचार आँधी की तरह मन में दौड़ रहे थे।

पापा ने एक शब्द बोला भी नहीं। कहीं उन्होंने मुझे देख तो नहीं लिया हाथ मिलाते।

अध्याय– 37

किरन डरते–डरते घर लौट पड़ी। उसके मन में बहुत सारे विचार आ–जा रहे थे।

पापा Office चले गये थे बिना एक शब्द कहे।

अभी दिन का 11 ही बज रहा था। सब कुछ कितना जल्दी हो गया था। आज सुबह कितना अच्छा लगा था, उसने खिड़की से बाहर देखा। समुंद्र की लहरें अभी भी गिर उठ रही थी।

"दो बजे पापा आयेंगे, खाना खाने, बहुत डाटेगें, चिल्लायेगे" उसने सोचा। फिर वह डर गयी "कहीं मारेंगे तो नहीं" फिर मन ने कहा– मैंने मार खाने लायक काम तो किया ही है। क्या जरूरत थी हाथ मिलाने की। हे भगवान! उसकी बातों में आ गयी। क्या जरूरत थी दोस्त बनाने की। उसे शालीनता से मना कर देती कि देखो मैं गांव की रहने वाली हूँ। कुछ भी कह देती। पर अब क्या हो सकता है।

घड़ी की सूई टक–टक करते आगे बढ़ती जा रही थी।

किरन की आँखों से आँसू बहने लगा– उसने सोचा "वह पापा के सामने सब बात रखेगी, माफी माँग लेगी"

अब कभी ऐसा काम नहीं करूँगी। दिल उसका अनजान भय से धड़क रहा था।

घड़ी की सूई ने धीरे–धीरे 2 बजाया। फिर 2 बजकर 30 मिनट, फिर तीन,

किरन ने माँ से पूछा– पापा खाना खाने नहीं आये!

मम्मी ने कहा:– किसी जरूरी काम में लग गये होंगे।

लेकिन किरन तो जान गयी पापा बहुत गुस्सा हैं अब क्या होगा?"रात में भी न आये तो" वह Bathroom में जाकर रोने लगी।

उसी के कारण यह सब हो रहा है। अब क्या करूँ?

अध्याय–38

रात के 9 बजे पापा आये, आते ही T.V. खोल लिया। मम्मी पानी लेकर आयी। किरन ने पापा को सब कुछ पापा पूछने से पहले ही बता देने का निर्णय कर लिया था, वह डरते–डरते दरवाजे तक आयी तब तक पापा मम्मी से बोले– बाबूजी से बात हुयी है, एक लड़का देखे हैं, बनारस में DLW में, अपने पिता के जगह पर नौकरी करता है। किरन, को दिखाने की बात है, इसलिए गाँव जाने का Reservation निकाल लाया हूँ। परसों चलना है।

मम्मीः– आप दोपहर में खाने नहीं आये?

पापाः– 'तुम्हें तो कुछ पता रहता नहीं है कौन क्या कर रहा है बैठो इधर'

T.V. का Sound तेज हो गया पापा–मम्मी बैठ कर बातें करने लगे।

किरन लौट पड़ी अपने कमरें में। वह जान गयी उसी के लिए यह सब हो रहा है।

उसने कमरे को ध्यान से देखा। पंखा चल रहा था, ये समुंद्र, ये खूबसूरत शहर, सब छूट रहा था उसका। "आज और कल के बाद वह यहाँ से चली जायेगी फिर वह कभी मुम्बई देख पायेगी या नहीं" शायद कभी नहीं, उसने मन में सोचा और वह कितनी सच थी उसको वो आशंका अन्त उसे अपनी तरफ खींचे ले जा रहा था। मुंबई की यह छोटी सी घटना, उसके लिए बहुत बड़ी हो जायेगी,

इतनी बड़ी, कि जिदगीं छोटी पड़ जायेगी।

किरन के सच बोलने के कारण, उस बेचारी के निष्कपट, सरल ह्रदय होने के कारण, उसका वैवाहिक जीवन कलहपूर्ण, कष्टदायक हो जायेगा बस इसी एक छोटी घटना के कारण। लेकिन इस बातों से वह बच्ची अनजान थी अभी। उसका मन बार–बार सोचे जा रहा था "पापा एक बार मुझसे सच्चाई पूछ लेते' फिर उसके आखों से आँसू निकल पड़े फिर वह बच्ची बिना कुछ खाये इसी तरह सो गयी।

अध्याय– 39

दो दिन बाद सारा परिवार मुम्बई से गाँव आ गया। मुम्बई बहुत पीछे छूट गयी लेकिन उसकी यादें साथ थी।

गॉव तो वैसा ही था प्यारा सा, शान्त सा। बरगद के पेड़ पर अभी भी चिडिया बैठती थी। सबको देखकर बाबा आश्चर्यचकित रह गये और बोल पड़ेः– अरे तुम लोग इतना जल्दी आ गये। पापाः– हाँ! आपसे बात तो हुयी थी न वो किरन की शादी वाली।

बाबाः– अरे अभी तो पता चला है फिर बात–चीत होगी तब न। अभी समय लगेगा

पापाः– चलिये कोई बात नहीं। एक हफ्ता बाद हम लोग चले जायेंगे किरन यहाँ रहेगी।

बाबा ने पूछा– वह अकेले रहेगी ?

पापा बोलेः– क्यों आप तो हैं ही यहाँ फिर चाचा –चाची भी हैं और नरायन भी यहॉ रूक रहा है उसका परीक्षा है। किरन का भी Exam है B.A का तब तक वह यहाँ पढ़ेगी। लेकिन बाबू जी यह शादी जरूर करवा दीजिये।

बाबाः– देखता हूँ। मैं भी तो यही चाह रहा हूँ।

पापाः– अगर शादी हो गयी तो आपको एक पेटी वियर दूँगा।

बाबाः– अरे रहने दो– बस तुम पीना कम करो।

7 दिन गांव में बीत गये। पापा–मम्मी सब लोग मुम्बई लौट गये। किरन गाँव पर रह गयी। घर बड़ा सूना लगने लगा। मन उदास हो गया। क्या करें?

किरन ने अपने साथ मुम्बई से कुछ किताबें खरीदी थी अब इस गांव में उसकी वो मित्र बन गयी, दोपहर में उनको पढती, ध्यान करती, साथ ही साथ B.A की परीक्षा की भी तैयारी

करती और बचे समय में घर के काम खूब साफ–सफाई से करती, दिन इसी तरह बीतने लगे।

अध्याय–40

सुबह की बेला थी, 8 बज रहे होंगे, सुबह के समय ही किरन अपने सहेली नीतू के घर गयी। बातों ही बातों में आशा की बात चल पड़ी । नीतूः– 'आशा आयी है, तुम मिली उससे?'

किरनः–नही तो, मुझे तो पता ही नहीं था। फिर किरन बोली– 'चल नीतू उसके घर चलते हैं। मुझे उससे मिलने का बहुत मन कर रहा है वैसे वह गुस्सा तो होगी ही उसके शादी के समय मैं मुम्बई चली गयी थी।'

थोडी ही देर में दोनों सहेलियाँ आशा के घर की ओर चल पड़ी ।

बरामदे में ही आशा के आदमी से भेंट हुयी,थोड़े गुस्से में प्रतीत हो रहे थे।

नीतू ने नमस्ते किया – जीजा जी नमस्ते,

पर उन्होंने कुछ भी जवाब न दिया, दोनों सहेलियाँ घर के अन्दर चली गयीं।

घर का माहौल कुछ तनावपूर्ण था। दोनों को देखकर आशा मुस्करायी पर वह मुस्कराहट नकली थी उस मुस्कराहट में कुछ दर्द छिपा था, किरन को यह भाँपने में देर न लगी। आशा की आँखें सूजी हुयी थी जैसे खूब रोयी हो। आशा ने किरन का हाथ अपने हाथ में लिया और पूछा– कब आयी तु? किरन बोलीः– 10 दिन से ज्यादा हो गया , तुम्हारी शादी में नहीं आ पायी। आशा ने बीच में ही काटते हुये बोली– छोड़ो यह बात, थोड़ी देर में मैं ससुराल जाने वाली हूँ, यह लेने आये हैं। किरन बोलीः– थोड़ी देर के लिए चलो न, हम लोगों के साथ स्कूल पर।

किरन को वहाँ बात करना अच्छा नहीं लग रहा था। थोड़ी ही दूर पर प्राइमरी स्कूल था। साथ ही शंकर भगवान का मन्दिर, सामने तालाब, स्कूल के प्रागंण में बरगद का पेड़ था, बहुत पुराना, बहुत बड़ा। बड़ी–बड़ी टहनियॉ थी, जिस पर सावन में गॉंव की लड़कियाँ झूला झूलती थी। तीनों सहेलियॉ बरगद के चबूतरे पर बैठ गयीं बरगद के पास बैठते ही आशा वहॉं सिसकने लगी।

किरन ने पूछाः– क्या हुआ? सब कुछ ठीक है न? मुझे कुछ अच्छा नहीं लग रहा है।

आशा रोते हुये बोली– मैं बड़ी अभागिन हूँ। मेरे ही कारण मेरे में घर में आग लग गयी।

किरन बोलीः– क्या हुआ? ऐसा क्यों बोल रही हो?

आशा बताने लगीः– सब कुछ ठीक चल रहा था। मेरी शादी तय हो गयी।

लड़का बेरोजगार था पर कुछ खेती थी। दहेज तय हुआ– 2 लाख रूपयें, एक गाड़ी तथा जो भी सामान।

मैं भी खुश थी साथ ही सब घर वाले भी।

यह बात मेरे जीजा जी को खराब लग गयी–2 लाख रूपयें के कारण।

खेत बेचकर पिताजी ने 2 लाख रूपये जुटाये और दान–दहेज देकर मेरी शादी कर दी।

सब लोग खुश थे। शुरू में दीदी भी खुश थी पर मेरे जीजा जी को अच्छा न लगा। जानती हो क्यों, क्योंकि उनकी शादी में पापा खेत बेचकर एक लाख दिये थे, दो साल पहले ।

जीजा जी अब अपने को ठगा महसूस करने लगे। उन्हें लगा वो नौकरी करते हैं, ज्यादा पढ़े लिखे हैं, उनका ज्यादा दहेज पर हक बनता है।

पहले तो यह बात उन्होंने दीदी से कही, बाद में विदाई के दिन मेरे पापा से भी। पता है उन्होंने क्या कहा– 'देखिये मैं जानता हूँ कि दहेज बुरा है पर आत्मसम्मान सबसे बड़ी चीज है और मैं उसे नहीं खो सकता। इस घर में मैं अपने को अपमानित महसूस कर रहा हूँ............।

आज तक मैं चुप रहा पर अब नहीं। आज मैं अपनी पत्नी को लेकर जा रहा हूँ। अब हम लोगों का इस घर में कोई रिश्ता–नाता नहीं।'

दीदी भी बदल गयी– 'हॉ पापा, इनको ज्यादा नहीं तो बराबर तो देना ही चाहिए। ये ज्यादा योग्य हैं। मुझे शहर में रखते हैं।'

मैं दीदी–जीजा की बात से अवाक रह गयी।

जब यह बात मेरे पति को पता चली तो इन्होंने कहाः 'ये तो एकदम गलत बात है। ये तो सोचना भी गलत है। दो साल पहले की बात दूसरी थी।'

मैंने सोचा, ''चलो, मेरे पति तो अच्छे निकले, बेरोजगार हैं तो क्या हुआ, समझदार तो हैं। मेरा जीवन अच्छे से बीत जायेगा।''

मेरे पति ने भी पापा से पैसे देने को मना कर दिया। मैं भी विदा होकर ससुराल चली गयी।

ये मुझसे रोज पूछते– 'पापा ने पैसे तो नहीं दिये होंगे?'

मैं बोलती– 'ना, क्यों देंगे, क्यों देंगे कोई पैसे पेड़ पर उगते हैं जो पापा को तोड़ कर देना है।' फिर मैं कुछ दिन बाद मायके आ गयी, सोचा था, शादी के बाद पहला सावन अपने गॉव में बितेगा। अपनी सहेलियों के साथ, हँसी–ठिठोली करते हुए, खूब मजा आयेगा।

पर भाग्य को कुछ और ही बदा था ।

इधर पापा को एक महीने से बड़ी बेटी और बड़े दामाद का कुछ खोज खबर ही नहीं मिल रहा था, बात करने पर बात ही नहीं हो पा रही थी। मेरे पापा डर गये। कहीं पैसे के लिए कुछ गलत कदम न उठा ले, कुछ अपने को कर न ले। आखिर बच्चें ही तो हैं, बच्चे जैसी बुद्धि है और पापा ने खेत बेच कर फिर से 1 लाख रूपये का इन्तजाम किया और बड़े दामाद को दे दिया।

जीजी जी बड़े खुश हुए, इतने खुश हुए कि अपनी साली को पत्र लिखने बैठ गये एक महीने बाद। मैं तो यहाँ चली आयी और पत्र इनके हाथ कल लग गया और कल पत्र पाते ही रात

में ही गुस्सा से भरे हुए यहाँ चले आये और जानती हो पत्र में क्या लिखा था--लो पढ़ लो सखी।

किरन पत्र लेकर पढ़ने लगी ''प्रिय साली जी, सदा खुश रहो यहाँ कुशल है और आशा है वहाँ भी कुशल होगी। मैं तुम्हारी एक माह से कुछ खबर नहीं ले पाया।

तुम शायद सोचती होगी मैं नाराज हूँ।

मैं नाराज था पर तुमसे नहीं, पापा से। तुम मेरे मन को जानती हो। यह एकदम साफ है। कोई बात छिपाता नहीं है जो मन आया कह दिया। तुम जानती हो मैं ज्यादा योग्य हूँ, पढ़ा–लिखा हूँ। मैं अपने को अपमानित महसूस कर रहा था लेकिन अब चूँकि पापा ने पैसे दे दिये हैं इसलिये पुरानी बातें मैंने मन से निकाल दिया है। तुम अपने उनको लेके मेरे यहाँ आओ, तुम्हारी दीदी भी कह रही थी। हम लोग, मिलकर घूमेंगे। शेष सब कुशल है।

तुम्हारा जीजा ।

किरन ने पत्र बन्द किया-- वाह रे जीजाजी लेकिन इनको अब क्या समस्या है?

आशा – समस्या तो अभी शुरू हुई। कल रात में ये आ गये। मुँह फुलाये थे। मैंने पूछा हँसते हुए–क्या हुआ, कुछ दिन भी ना रह पाए मेरे बिन, तुलसी दास जी की तरह दौड़ते आ गये पीछे--पीछे।

बिना बोले मेरे हाथ में पत्र रख दिया। मैं पत्र पढ़ी। मैं हँस कर बोली-- अच्छा ये बात है।

ये गुस्सा हो गये-- 'पापा ने ऐसा क्यों किया? मैं पूँछता हूँ पापा ने ऐसा क्यों किया? पापा ने ठीक नहीं किया।'

मैं बोली– 'जाने दीजिये, पापा को उनका रूप तो समझ में आ गया।'

ये बोले-- 'तुम्हें क्या मैं वेवकूफ दिखता हूँ। जब मैंने मना किया था पैसा देने को तब भी'

मैं बोली-- 'हाँ गलत तो हुआ है पर अब क्या किया जा सकता है।'

ये बोले– 'तुम्हें अभी मेरे साथ चलना पड़ेगा। यहाँ मुझे घुटन महसूस हो रही है।' मैं तो अवाक रह गयी। मैंने रोने लगी। ''इसमें मेरी क्या गलती है''–मैंने पूछा।

ये बोले– 'तुम्हारी कोई गलती नहीं है इसलिये तो लेने आया हूँ। तुम अभी चलो बस यदि मुझसे कुछ प्यार है तो'

मम्मी–पापा दौड़े–दौड़े आये। मम्मी रोने लगी, मैं भी।

पापा समझाने लगे पर ये कुछ मानने को तैयार ही न थे। बस एक ही बात– क्यों दिये।

मुझे तो कुछ समझ ही नहीं आ रहा था कि बात क्या है, न ही ये कुछ बता रहे थे।

किसी तरह मैं समझायी, रात भर रूक जाइये, सुबह चल पड़ेगे। तब जाकर रात भर रूकने के लिए राजी हुये।

रात में इन्होंने मुझसे कहा– 'अब तभी इस घर से रिश्ता रहेगा जब पापा मुझे एक लाख रूपया अधिक देंगे।'

किरन और नीतू दोनों चौक पड़े – ''क्या!!!!!!!!!!!!!!!!!!''

'पागल हो गये हैं'– नीतू बोली।

आशा बोली– तब मैं सारा खेल समझी। क्यों ये मुझसे बार–बार रूपये देने के बारे में पूछते थे। मैं पूरी रात रोयी हूँ किरन पर सुबह मैंने निर्णय लिया। अपनी मम्मी–पापा को सारी बात बता दी।

और कह दिया, 'रूपये देने की एकदम जरूरत नहीं है। मैं जा रही हूँ पर आप लोग चिन्तित मत होइयेगा।

ये ज्यादा से ज्यादा एक महीने, दो महीने या छः महीने तक नाराज रहेंगे फिर तो मान ही जायेंगे।'

अब जाने का समय हो गया है। तुम लोगों के साथ बड़ा अच्छा लगा, थोड़ी देर के लिए ही सही, मन कुछ हल्का हुआ। नहीं तो रिश्तों से मुझे बदबू आने लगी थी।

नीतू– ऐसे गन्दे लोग भी होते है पृथ्वी पर। उनसे बदबू तो आयेगी ही।

आशा बोली– शायद मैं ही अभागिन हूँ सखी।

किरन– ऐसा तु क्यों सोचती है। ये तो लोगों का लालची चेहरा है। जो वो अपने अन्दर छिपाये रखते हैं और समय आने पर प्रगट कर देते हैं।

आशा चली गयी पर किरन के मन में वही घूमती रही पूरे दिन। किरन का मन भारी हो गया था। रात में बिस्तर पर भी आशा का चेहरा घूमता रहा।

वो फूली, सूजी हुयी तथा ऑसुओं से भरी ऑखें, मुरझाया हुआ चेहरा, सबकी बातें, सब कुछ किरन के मन पर नाचने लगा।

शादी से पहले कितना सुखी परिवार था आशा का। गरीब भले थे वे लोग पर खुशी हर समय दिखती रहती थी।

दो बहन तथा एक भाई, छोटा सा परिवार।

उसके पिता जी, जो भी खेत था उसी में खेती करते थे तथा साथ थोड़ी बहुत पहलवानी भी। उनके दुआर पर गाय बंधी रहती थी। घर जाने पर उसकी मम्मी जरूर मंठा पिलाती थीं, बड़े प्यार से, कभी–कभी दही भी।

न खाने पर प्रेम से डाटती भी थी– खा लो तुम सब फिर तो ससुराल जाना है। वहाँ खाने पीने को मिले या न मिलें।

हम लोग शरमा जाते और भी कहती– ससुराल पता चले, सासू माँ डंडे से पीठ पर पिटाई कर रही हैं। वह ठिठोली करती, चिढ़ाती हमें– खाये रहोगी सब तो तुम लोग की पीठ मजबूत रहेगी।

हमलोग हँसने लगते थे। दो साल पहले बड़ी दीदी की शादी तय हुयी। लड़का प्राइवेट में नौकरी करता था।

आशा के पापा के पास धन तो था नही अतः उन लोगों का अपना कुछ खेत बेचना पड़ा।

आशा कितनी खुश थी, सबसे ज्यादा।

मेरी दीदी की शादी हो रही है। बड़ा मजा आयेगा। जीजा जी बड़े अच्छे हैं।

तुम सब को उस दिन आना है। रात भर शादी के गीत गाना है, दीदी की शादी हो गयी। हम सबको बड़ा मजा आया। खूब खाये पिये।

मेरी सहेली जीजा की खूब तारीफ करती थी। बहुत अच्छे हैं। दीदी को अपने साथ शहर ले गये हैं और इस बेचारी, आशा के शादी के साथ ही सब कुछ कितना बदल गया। किरन यही सब सोचते–सोचते सो गयी।

अध्याय– 41

और अगले रविवार को किरन का दिखाने का दिन तय हो गया।

बाबा कई दिनों से बनारस लड़के वाले के घर चले जाते थे। उनको उम्मीद थी कि जरूर वहाँ शादी होगी।

किरन को दिखाने का स्थान तय हुआ–

बनारस का प्रसिद्व हनुमान जी का मन्दिर, संकट मोचन 400 साल से भी पुराना, भक्त सन्त कवि तुलसीदास द्वारा स्थापित।

बाबा चाहते थे दिखाने का कार्यक्रम गाजीपुर में हो पर लड़के वाले तैयार न हुए इसलिये बनारस में ही दिखाने का कार्यक्रम तय हुआ।

लड़की वालों की तो मजबूरी होती है जहाँ लड़के वाले बोलाये वहाँ जाना पड़ता है। जैसी शर्त रखे वैसी मानना पड़ता है। विशेषकर उन घरों में जहाँ लड़कियों को भार समझा जाता है। लड़की का शादी कर देना ही अपना मुख्य कर्त्तव्य समझा जाता है। किरन मन ही मन अपने को तैयार कर रही थी। आगामी, सम्भावित लड़के द्वारा फिर से शादी को इन्कार सुनने के लिए वही अपने साँवले रंग के कारण। मानव स्वभाव होता है यदि कोई बात हुयी रहती है तो उसका मन बार–बार उन घटनाओं का फिर से कल्पना करके डरवाता रहता है।

उसका मन घबड़ा रहा था, शायद कोई अनजान सा भय, कभी–कभी उसके दिल में कोंध जाता था।

माँ तो पास थी नहीं जिससे वह अपने भय, घबराहट को कहती। माँ तो बहुत दूर बम्बई में थी। उस बच्ची ने मन ही मन अपने को मजबूत किया– 'चलो देखती हूँ जीवन क्या रंग दिखाता है।'

अध्याय– 42

रविवार का दिन आ गया। सुबह–सुबह किरन, देवरिया की अलका दीदी और लक्ष्मी बुआ–बाबा के साथ बनारस के लिए बस से निकल पड़े। बस स्टैण्ड से वो लोग सीधे संकट मोचन मन्दिर पहुँचे। बहुत बड़ा प्रांगण है मन्दिर का, बहुत सारे वृक्ष है जिन पर बन्दर रहते हैं। तीर्थ यात्री और दर्शन करने वाले भगतगण भक्ति भाव से चना एंव मूँगफली खरीद कर उनको खिलाते हैं। बहुत सारे लोग यत्र–तत्र बैठकर भगवान की कृपा प्राप्त करने के लिए

कोई हनुमान चालीसा पढ़ रहा है। कोई हनुमान बाहुक पढ़ रहा है।

कुछ लोग मन्दिर की परिक्रमा कर रहे हैं।

कुछ लोग हाथ जोड़कर भगवान को प्रमाण कर रहे हैं।

किरन को यहाँ आकर बहुत अच्छा लगा। इस मन्दिर के पवित्र वातावरण ने, पवित्र तरंगों ने उसके मन से, सारे भय, सन्देह तथा घबराहट निकलकर कहीं दूर, बहुत दूर फेक दिया। उसकी जगह उसका ह्रदय भगवान के प्रति भक्ति भाव से भर गया। उसके शरीर पर गम्भीर भाव की आभा आ गयी और चेहरा एक अलौकिक चमक से चमक उठा।

किरन ने सर पर दुपट्टा लपेटा अपने ऊपर जल छिड़का, भगवान को प्रणाम किया, मन्दिर की प्रदक्षिणा की।

हनुमान जी के भगवान भी तो साँवले हैं। लक्ष्मण जी भले गोरे हों पर हनुमान जी के आराध्य तो साँवले राम ही हैं और हिन्दुओं के परम् पूज्य भगवान, भगवान विष्णु भगवान के पूर्ण अवतार गोपियों के नाथ, मुथरा के स्वामी, भगवान कृष्ण का शरीर भी तो श्याम है।

लड़के वाले आये। लड़का, उसकी माँ तथा माँ के साथ कोई माँ की सहेली भी आयी थी।

आपस में बातचीत हुयी। लड़के ने किरन को देखा। सब लोगों ने किरन से कुछ न कुछ पूछा– 'खाना बनाना आता है? कहाँ पढ़ती हो? क्या पढती हो? कितने नम्बर थे?' इत्यादि।

किरन ने सब प्रश्नों का जवाब धैर्य से दिया। किरन की सुन्दरता, भोलापन, सरलता

तथा विद्वता व मासूमियत ने लड़के वालों का मन मोह लिया।

पर एक चीज से वह लोग आगा–पीछा करने लगे– वह था किरन का साँवलापन।

क्या फिर से यह कारण उसके सारे गुणों पर भारी पड़ जायेगा?

सबको ऐसा ही प्रतीत होने लगा पर हुआ कुछ दूसरा ही। लड़के तथा लड़के की माँ को कुछ आगा–पीछा करते देख उन लोगों के साथ जो दूसरी औरत आयी थी उन लोगों को खींचकर एक तरफ ले गयी और पूछा– देखों तुम लोगों को सब पसन्द तो है न?

लड़के की माँ ने कहा: –है तो पर बस एक कमी है लड़की साँवली है।

''एक बात बताऊँ'' उस औरत ने कहा– तुम लोग भी तो साँवले हो और यदि सोचो, यदि कोई गोरी लड़की आ गयी न तो तुम लोगों को हमेशा ताना देती रहेगी। कुछ काम भी नहीं करेगी और सब तुम्हारी माँ को ही करना पड़ेगा– चौका, चूल्हा, घर का पोछा सब और वह ठाट से बैठकर T.V. देखेगी।

'हाँ यह बात तो सच है, ऐसा तो हमने सोचा ही नहीं था 'उन दोनों ने कहा।

उस औरत ने कहा– देखो इसका बाबा कहता ही है, घर का सारा काम करती है बिना थके। गाँव की सीधी–सादी लड़की है, जो कहोगे करेगी और रात में सबका पैर भी दबायेगी और साँवली है इसलिए तुम लोग उसे अपने दाब में भी रख सकते हो।

हे भगवान! हाय रे विडम्बना!

जो रंग, जो कारण एक बार इन्कार का हेतु बना था

आज वही रंग शादी का हेतु बना रहा है।

लड़के वालों ने शादी के लिए हाँ कर दिया।

सब लोग खुश हो गये। बाबा तो बहुत ज्यादा। आखिर में उनके इतने दिनों की मेहनत दौड़ सब सफल हो गयी।

बाबा किसी दूसरे दिन जाकर लेन—देन तथा शादी की तिथि तय कर आये।

जो भी, दहेज की मांग थी बाबा सब स्वीकार कर आये।

अप्रैल की अन्तिम हफ्ते में तिलक तथा मई के प्रथम सप्ताह के तिथि को शादी।

अब किरन के मन में लड़के तथा उसके परिवार के बारे में जानने की उत्सुकता जगी। अभी तक तो वह यही मान रही थी कि शादी अन्त समय में कट जायेगी।

फिर किसी के बारे क्या जानना। क्योंकि जाने हुए जगह पर शादी कटने पर बड़ा कष्ट होता है। इसका अनुभव हो एकबार हो चुका था पर अब चूँकि शादी तय हो चुकी थी।

इसलिये मन में, स्वभाविक रूप से, दबी हुयी उत्सुकता जग पड़ी पर जानने कोई साधन था नहीं केवल बुआ से थोड़ा बहुत कुछ पता चला।

बाबा से पूँछने पर शर्म आती थी।

अध्याय— 43

शादी के दिन तय हो गया था। दिन जैसे—जैसे बीतने लगा, शादी का दिन नजदीक आने लगा, दिल घबड़ाने लगा था। माँ—पिता को खबर कर दी गयी। घर में केवल चाची थी बीच वाली, चाची अकेले ही गेहूँ धोना शुरू कर दी।   भोज के लिए, चूँकि चाची अकेली थी इसलिये साथ में किरन भी लग गयी। बगल वाले घर में एक बूढ़ी दादी थी, जिनको सब लोग अम्मा कहते थे, कुछ न कुछ बोलती रहती थी, किरन से कहती— 'देखो घर में शादी पड़ी है और अभी तक माँ—बाप नहीं आये',   किरन क्या बोलती!   उदास हो जाती।

लेकिन चाची बोलती— क्यों हम है न, मैं भी तो माँ हूँ और आप भी हैं।

चलिये कुछ मंगल गीत, शादी के गीत गाइये और घर में गीत शुरू हो जाता कुछ गाँव की सहेलियाँ भी आ जाती और गाती। शादी का दिन धीरे—धीरे नजदीक आने लगा। मम्मी—पापा शादी के एक हफ्ता पहले आये। बद्री चाचा शादी का निमंत्रण पत्र कार्ड ढढ़नी से छपवा लाए हैं। किरन शरमाते—शरमाते, शादी का कार्ड देख रही है, अपनी शादी का कार्ड.............

मांगलिक कार्यक्रम की तिथि, भगवानजी के मंत्र—

मंगलम् भगवान विष्णु, मंगलम् गरूणध्वज।

मंगलम् पुण्डरीकाक्ष, मांगल्या तनोहरी।।

के साथ छपा है। आखिर शादी निश्चित हो ही गयी।

कार्ड में छपा है—

साक्षी होंगे चन्द्र सूर्य और आप पूज्य मेहमान सभी।

अमर प्रेम की ज्योति जगे, अमर प्रेम की ज्योति जगे,

आकर दें आशीर्वाद सभी।।

जीवन एक सफर है, विवाह रथ, विश्वास पहिया और पति—पत्नी रथी हैं,

सच ही तो है संसार एक यात्रा है। हम चाहें या ना चाहें चलना हमें पड़ता ही है। इस यात्रा में चन्द्र—सूर्य सब चल रहे हैं साथ ही हमारा जीवन भी।

किरन शादी के कुछ कार्ड लेकर अपनी सहेलियों के घर आयी है उन्हें निमंत्रित करने, 'जो ज्योति जलने वाली है' अमर प्रेम की ज्योति उसका साक्षी होने।

अध्याय–44

शादी का दिन आ गया। किरन ने पहले से ही अपने सहेलियों को निमंत्रित कर रखा था। आज सुबह से ही खूब शोर हो रहा है। सब लोग खूब व्यस्त हैं, बद्री चाचा, गुड्डु चाचा, मदन चाचा इधर–उधर दौड रहे हैं। कोई मंडप सजा रहा है। मुन्ना चाचा बर्तन जुटाने में व्यस्त हैं शाम को बारात खिलाने के लिए। आज किरन की शादी है। बहुत सहेलियाँ आयीं हैं, दूसरे गाँव से भी। किरन को चिढ़ा रहीं हैं, हँसी कर रही हैं। संध्या मेंहदी लगा रही है। हल्दी लग चुका है।

धीरे–धीरे शाम हो गयी। बारात दरवाजे पर आ पहुँची।

बाजा बज रहा है। पंडितजी मंत्र पढ़ रहे हैं। बारामदे में छोटे से मंच पर जयमाल हुआ। आँगन में मंडप में शादी शुरू हो गयी।

पिताजी ने अपने दामाद का, पूज्य दामाद का पैर पूजा।

दुल्हे राजू ने किरन के मांग में सिन्दूर भरा। पंडितजी ने दुल्हे से

सात वचन लिए .... अपनी धर्म पत्नी की रक्षा करूँगा, सभी परिस्थितियों। उसके आत्मसम्मान को चोट नहीं दूँगा, उसके ....

....

खूब धूम–धाम से दान दहेज के साथ शादी सम्पूर्ण हुयी।

अध्याय– 45

सुबह की बेला हुयी। नये सूरज भगवान की किरणें निकलीं। बरगद के पेड़ पर पक्षी चहचहाने लगे। विदाई का वक्त आ गया।

अभी तक वो बच्ची जिसका मन बहुत भारी था, उदास था

थोडी घबराहट थी नये जीवन के लिए, अपरिचित जीवन के लिए, लगी फूट–फूट कर रोने। किरन रोने लगी। खूब रोई वो।

सब कुछ छूट रहा था उसका— अपना बचपन, अपना अपनी सखियाँ—सहेलियाँ, अपना गाँव, अपना घर। सभी बालिकाओं को जब वे युवास्था में प्रवेश करती है, शादी के बाद यह त्याग करना पड़ता ही है। माता–पिता, भाई–बहन, परिवार घर सब पीछे रह जाते हैं।

जहाँ उसने जन्म लिया, खेलकूद कर, पढ़ लिख कर यौवनास्था में पैर रखा, वह सारा स्नेहिल परिवेश उसे त्याग देना पड़ता है।

अब उसका अब तक एक अनजाने अपरिचित व्यक्ति के साथ नाता जुड़ जाता है।

अब वह एक नये घर की एक नयी सदस्य बन जाती है। जहाँ अब उसकी भूल चूक को, गलतियों को बच्ची समझ के भूला नहीं जायेगा।

अब अपने माता–पिता के डाट की तरह जिसमें डाट में भी मिठास, अपना हित, प्यार छिपा रहता है वो सब अब नहीं मिलेगा।

अब इस नये घर की डाट में रूखापन रहेगा, झिड़कियाँ रहेगी, हीनता दिखाने वाली बाते रहेगी। सब लोग किरन को समझा रहे हैं— खूब अच्छे से रहना, अब वही तुम्हारा असली घर है, ढाढ़स बधा रहे हैं पति ही अब तुम्हारा सब कुछ है, सासु माँ ही अब अपनी माँ है। किरन रो रही है, साथ ही सब लोग रो रहे हैं ।

अध्याय–46

अभी–अभी जो रात बीती है शादी की रात, आयोजन की रात, उत्सव की रात, जिसमें पण्डित जी मंन्त्र पढते हैं सबकी बड़ी उच्च भावनाये रहती है।

उस गृहस्थ आश्रम की महिमा गायी जाती है।

यथा मातर माश्रित्य सर्वे जीवन्ति जन्ततः

एव गार्हस्थय माश्रित्य वर्तन्त इतराश्रमा।।

गृहस्थ्य स्त्वेष धर्मणा सर्वेण मूलमुच्यते।

जैसे सभी जीव , जीवन के लिए माता का आश्रय लेते हैं,वैसे ही सभी आश्रम गृहस्थ का शरण लेते हैं। गृहस्थ धर्म, सभी धर्मो का मूल है।

इस गृहस्थ धर्म में प्रवेश के लिए,उसे अपना सब कुछ त्याग देना पडता है। अपना सबसे प्रिय बाल्यवस्था भी ।

पर किसलिए और क्यों?

शायद उसे शास्त्रों की इस बात पर उसे विश्वास होता है कि अब नये घर में, उसे सम्मानीय, पूजनीया, बड़ी भाग्यशाली, महा, भागा, पुण्यात्मा, गृहदीप्तय, गृह का प्रकाश, घर की लक्ष्मी एवं रक्षणीय समझा जायेगा। शायद उसे भावी स्वामी की इस बात पर विश्वास रहता है– केवल घर। शायद उसे भावी स्वामी की इस बात पर विश्वास रहता है– केवल घर रहने से घर नहीं हो, गृहणी रहने पर तभी उसे घर कहते हैं।

इस विश्वास के साथ, पुराने घर को छोड़ कर, पिता घर को छोड़ कर कि अब नए घर की अमूल्य रतन बन जायेगी, अपने कदम आगे बढ़ा देती है।

पर अफसोस ऐसा नहीं होता कुछ के साथ।

हमारी बहुत सारी बहनों कि यह प्रारम्भ हुई जीवन यात्रा अंतिम यात्रा हो जाती है। गृहस्थ लोक की यात्रा मृत्युलोक की यात्रा के बदल जाती है।

संसार की यात्रा, शमशान की यात्रा हो जाती है।

हमारी बहुत सारी बहनें इस आश्रम में मार दी जाने लगी या उनको इतना सताया गया, कि उन्होंने खुद को मार लिया। कुछ को फाँसी पर चढ़ाया जाने लगा या इतना सताया गया, कि उन्होंने खुद को फाँसी पर चढ़ा लिया। कुछ को आग से जला दिया गया और कुछ खुद को ही भयंकर आग की लपटों में जलाने लगी।

कभी—कभी तो दुधमुहें बच्चे के साथ, मासूम बच्चों के साथ मौत को गले लगाने लगी, ट्रेनों से कट जाने लगी।

पर क्यों ??????????????????????

बस कभी धन के लिये,

कभी रंग के लिये,

कभी व्यवहार के लिये,

कभी इस कारण से,,

कभी उस कारण से,

और ये कारण इतने बड़े हो गये कि इसके आगे हमारी बहनों का, बच्चियों का जीवन अमूल्य, बिना किसी मूल्य के हो गया, कोई कीमत नहीं रही।

पर हे देश ....

हमें क्या हुआ?

हम क्यों चुप रहने लगे?

हम क्यों नहीं इस दानव से लडने को तैयार होते हैं।

प्रति दूसरे दिन हमारे अखबारों का पन्ना हमारी बहनों के खून से रंगा रहता है पर हम चुप–चाप उस पन्ने को पलट देते हैं। चर्चा भी नहीं करते।

धन्य है हम! और धन्य है हमारा जीवन!

अध्याय—47

उन कुछ अभागिन बहनों में, मेरी बहन भी शामिल होने जा रही थी। उस सूची में किरन का भी नाम शामिल होने जा रहा था।

आज मैं यह सब कुछ जान गया हूँ। इस रक्षा बन्धन के दिन,

अपने छत जब यह लिख रहा हूँ।

चलो अपनी बहन को बता देता हूँ शायद उसको बचा लूँ!

बहन, किरन, किरन

तु उतर जा इस गाड़ी से,

मत जा,

मत जा इस यात्रा पर

यह कभी नहीं लौटने वाली यात्रा है।

अगर जायेगी,

तो तु अब कभी नहीं लौट पायेगी।

यह बनारस की, सारनाथ की

यात्रा नहीं है,

मेरी प्यारी बहन

यह हरिश्चन्द्र घाट की

महा शमशान की यात्रा है।

ओ हो, हे भगवान!

यह किरन तो सुन ही नहीं रही

बस रोने में लगी है,

यह लड़की।

चलो किसी दूसरे को बताता हूँ

शायद वह सुन ले!

माँ को,

मम्मी, रोक लो अपनी बच्ची को

रोक लो अपनी किरन को अपनी करीठी को

तुम उसे गाड़ी पर नहीं

अर्थी पर विदा कर रही हो।

ये जो

गाड़ी पर फूल है न

उसके अर्थी के फूल है।

अहा माँ भी नहीं सुन रही है।

चलो चाची को बता देता हूँ।

सबको

बता देता हूँ।

शायद कोई रोक ले

चाची,

शुसीला फुआ,

मधु फुआ,

सुनो लोग मेरी बात सुनो

उतार लो किरन को इस गाड़ी से।

बचा लो उसको मृत्यु से,

कोई नहीं सुन रहा,

सब व्यस्त हैं।

तभी बिजली चमकी

एक जगह से किरन को बचाया जा सकता है

अभी गाड़ी ज्यादा दूर नहीं गयी है

वह जगह है नरायन,

नरायन जा कर बचा सकता है

नरायन भाग कर जा

मोटर साइकिल से जा

उतार ला अपनी बहन को

ओह नरायन भी नही सुन रहा

वह भी व्यस्त है अपने काम में

किसी ने नहीं सुना

किरन चली गयी अपने ससुराल।

आह!

काल की, समय की बड़ी ऊँची दिवारें हैं।

कोई उसे फान नहीं सकता

बड़ी कठोर हैं

कोई उसमें छेद नहीं कर सकता।

भूतकाल

वर्तमान काल

भविष्य काल

तीनों का बड़ा स्पष्ट विभाजन है।

कोई कितना भी सामर्थ्यवान हो

इधर से उधर नहीं हो सकता।

अध्याय–48

किरन पहुँच गयी, अपने ससुराल, अपने प्रियतम के पास। अपने मन में बहुत सारे ख्वाब लिये। बहुत सारी आशायें लिये। भविष्य की मीठी कल्पनाएँ लिये। हृदय में मायका का विरह वेदना लिये।

नया घर है। नयी जगह है। नये लोग हैं। सब कुछ अपरिचित है।

किरन एक सजाये हुये घर में बैठी रहती है। औरते आयीं हैं बहु को देखने। हाँ!

किरन अब बहु बन गयी है। सासू माँ भी उन औरतों के साथ हैं। वही सबका पैर छुआती हैं, बोल रहीं हैं ....इनका छुओ, उनका छुओ ।

कुछ औरतें नसीहत दे जातीं हैं– खुब सेवा करना अपनी सासू माँ का, बड़ी भाग्यवान हो, गाँव से उठकर सीधे शहर में आ गयी। कोई कुछ कहता, कोई कुछ।

सब अपने बुद्धि अनुसार, अपने संस्कार अनुसार सलाह दिए जा रही हैं।

किरन चुपचाप सब सुन ले रही है। उसको प्रतीत हो रहा है जैसे समय रूक गया हो। उसको घबरहाट हो रही है।

धीरे–धीरे दिन बीता, रात आयी। आज पहला दिन है।

रात्रि में सासु माँ खाना लेकर कमरे में आयी और बोली :– लो, खाना खा लो। आज पहला दिन है। इसे मैंने अपने हाथो से बनाया है।

सासु माँ ने खाना नीचे रख दिया।

किरन पलंग से उतकर खड़ी हो गयी और बोली– जी आपने क्यों कष्ट किया?

सासु माँ दरवाजे पर बैठ गयीं। हाथ माथे पर और किरन से बाते करने लगीं-- अब बूढ़ी हो गयी हूँ। बहुत दिनों तक खाना बनाया अब कल से तुम खाना बनाना शुरू कर दो।

किरनः– जी।

सासु माँ :-- चलो अब जल्दी से खा लो।

किरन धीरे से पूछा :-- जी आप लोगों ने खा लिया?

सासु माँ :-- और क्या? हे भगवान! यह भी नहीं जानती! पहले घर के बड़े ही खाना खाते हैं और सबसे अन्त में बहु खाना खाती है।

क्या ये सब नहीं पता?

किरनः-- जी पता है।

सासू माँ-- और एक बात राजू तो बहुत देर से खाता है। आता ही है प्रतिदिन देर रात को कभी 10 बजे, कभी 11 बजे, कभी--कभी तो 12 बजे के बाद भी आता है।

लेकिन खाना घर का ही खाता है। कहता है 'रोटी सेक के रख दिया करो।

माँ मैं खा लूगा।' पर मैं उसके लिए जगी रहती हूँ। गर्म–गर्म सेक के खिलाती हूँ।

लेकिन आज बाहर ही खायेगा। दोस्तों को ढाबा पर पार्टी दिया है। इसलिये तुम खाना खाकर के आराम करों।

किरन ने खाना खाया और बिस्तर पर लेट गयी।

दो दिनों से जगी होने के कारण उसकी आँखे बोझिल हो गयी थी। लेटते ही गाढ़ी नीद आ गयी।

अध्याय– 49

और नींद टूटी तब जब सुबह बड़ी विवाहिता ननद, दरवाजा पीटने लगी– भाभी उठो सुबह हो गयी है। पूरा घर आपके हाथ से बनी पहले चाय का इन्तजार कर रहा है। जल्दी से नहा धो कर किचन में घुस जाइये।

किरन उठ कर बैठ गयी। बगल में राजु सोया हुआ था। किरन सोचने लगी–

कब के आके ये सोये हुए हैं, कुछ पता ही नहीं चला।

उसे बहुत गाढ़ी नींद आ गयी थी। उसे अपने ऊपर बहुत आश्चर्य हुआ।

फिर जल्दी से नहा धो कर वह किचन में चली गयी। उसने सबके लिये एक बढ़ियां सा चाय बनायी।

फिर Tray में रखकर सबको चाय दी। सब लोग बैठकर चाय पीने लगे।

किरन अपना चाय लेकर अपने कमरे की तरफ चल दी।

तभी सासू माँ बोली– बैठो किरन। यहीं बैठकर हम लोगों के साथ चाय पी लो।

किरन, भी वहीं बैठ गयी।

ननद को यह अच्छा नहीं लगा और बोलने लगी, उसके स्वर में व्यंग का भाव था– देखों माँ को, बहू के लिए इतना प्यार!

फिर उसका स्वर कुछ कडा हो गया–बेटी के लिए कभी इतना प्यार तो था नहीं तभी तो मेरी शादी कर दी गाँव में, एक अनपढ़, गवार, बेरोजगार से।

माँ बोली– नहीं रे। ऐसी बात नहीं है। शादी व्याह सब किस्मत की बात होती है।

ननद बोली – हाँ वह तो होता है तभी तो मैं शहर में पली, बढ़ी, जन्मी का व्याह गाँव में हो गया और इसका देखो गाँव की रहने वाली, आ गयी शहर में।

अब जीवन भर राज करेगी।

मैं इससे किस चीज मे कम हूँ पर मुझे जीवन भर वहाँ गाँव में घिसना पडेगा।

उसका चेहरा तमतमा गया और वह वहाँ से उठकर छत पर चली गयी।

सारा वातावरण बोझिल हो गया।

किरन को तो कुछ समझ में नहीं आया । पल भर में वातावरण बदल सा गया।

उसका गला भर आया। आँखों से आँसू आ गये। चाय की प्याली ओठों के पास ही रूक गयी।

सासू माँ ने किरन की तरफ देखा और बोला– देखों इसकी बातों का बुरा मत मानना। दरसअल इसकी शादी गलत जगह हो गयी। गाँव में दो बच्चे हैं।

आदमी बेरोजगार है इसलिए थोड़ी चिड़चिड़ी हो गयी है।

जब आती है तब मुझसे झगड़ा करती है, बोलती है पर अन्दर से बहुत अच्छी है।

दिल की साफ है। इतना ही कमी है कि जो बोलना है मुँह पर पर बोल देती है। यह कह कर सासु माँ हँसने लगी।

किरन जी, जी करने लगी।

सासू माँ – अच्छा तुम जाओ अब किचन में, राजू को 7 बजे Office जाना है।

जाओ उसको खाना बना दो।

किरन सब कप उठा कर किंचन में चली गयी।

अध्याय– 50

दिन धीरे–धीरे बीतने लगा। किरन रोज सुबह उठ जाती। नहा–धो कर सबके लिए चाय बनाती। सब लोग चाय पीते फिर किरन राजू के लिए नाश्ता तैयार करने में जुट जाती।

राजू नाश्ता करके के 7 बजे ड्यूटी चला जाता, फिर 3 बजे आता। फिर खाना खा करके सफेद टीशर्ट–पैंट, जूता पहन करके,क्रिकेट खेलने निकल जाता।

किक्रेट उसका जुनून था। फिर रात को कभी 10 बजे, कभी 11 बजे वापस आता फिर गर्म–गर्म खाना खा करके सो जाता।

किरन सरल भाव से सोचती– ''शहर से हैं इसलिए कम बोलते हैं या मुझसे शर्माते हैं''

फिर कभी–कभी उसे बड़ा आश्चर्य होता– ''दिन में तो चलो ये क्रिकेट खेलते हैं पर देर रात तक ये कौन सा क्रिकेट खेलते हैं!''

पर वह पूछे किससे? घर की वह नयी दुल्हन है। राजू भी बहुत कम बोलता है। ननद भी दूसरे दिन ही चली गयी थी।

इधर सासू माँ किरन को घर का सब काम बताने लगी थी और उनके काम बताने का ढंग जरा निराला होता था। देखो बहू, राजू को सफाई बहुत पसन्द है।

तुम खाना नहा–धो कर बनाया करो साफ से। देखो बहू, राजू को घर बहुत साफ चाहिए। उसे अस्त व्यस्त एकदम पसन्द नहीं इसलिए तुम दिन में एक बार घर का झाड़ू–पोछा कर दिया करो। देखो बहू, राजू को कपड़े साफ और प्रेस किये चाहिये। तुम उन्हें अच्छे से धोकर प्रेस कर रखा दिया करो।

प्रत्येक बात में, राजू का नाम लेती थी। इधर राजू अपने से एक शब्द नहीं बोलता था।

रात के 10 बज रहा था।घर के सब लोग सो गये थे। जगी थी तो केवल किरन।

वो बार–बार सूनी आँखों से घड़ी की, आगे बढ़ती सुइयों को बीच–बीच में देखने लगती थी।

पर उसे तो पता भी नहीं था कि घड़ी की सुई कहाँ   पहुँचेगी तो राजू आयेंगे। आज राजू बहुत देर कर के घर आया। रात 1130 बज गये थे।

मुँह—हाथ धोने के बाद किरन राजू का खाना लगायी। चूँकि रात ज्यादा हो गयी थी। अतः अपना भी खाना लेकर बैठ गयी।

फिर खाते—खाते आज वह पूछ बैठी पर थोड़ा घुमाकर.........जी रात में बहुत देर हो जा रही है।

राजू ने किरन को देखा ....तो!

फिर बोला— तुम्हें पता तो है क्रिकेट खेलता हूँ।

किरन अबकी सीधे पूछ बैठी— जी शाम को तो क्रिकेट खेलते हैं पर रात में क्या करते हैं, समझ में नहीं आता?

राजू इस बात पर उखड़ गया। थोड़ा चिढ़ भी गया.................

        "तुम्हें समझने की जरूरत नहीं। मैं क्या करता हूँ, कहाँ   जाता हूँ, कब आता हूँ ये सब कोई मुझसे पूछे ये मुझे बर्दाश्त नहीं और ये सब आज तक मुझसे मेरी माँ ने भी नहीं पूछा।"

उसके चिढ़ने पर किरन को उसे छोटे बच्चे की तरह व्यवहार करते देख जैसे छोटे बच्चे को टोका जाय तो वह भड़क उठता है, प्यार आ गया।

वह हँसते हुए बोल बैठीः— 'पर मैं तो आपकी पत्नी हूँ। मुझे ये जानने का अधिकार है और ऐसे बोलेंगे तो मैं रूठ जाऊँगी, फिर खाऊँगी भी नहीं।'

राजू तमतमा कर बोलाः— "एक बात तुम्हें बता दूँ मैं आज।

        ये शादी जो है मैंने अपनी माँ की खुशी के लिये किया है। समझ में आया!

तुम खाओ चाहे न खाओ, मुझसे कोई मतलब नही।''

राजू का स्वर कठोर था।

उसके इस बात पर किरन के चेहरे का रंग ही उड़ गया। हँसता हुआ चेहरा उदास हो गया। हाथ का कोर हाथ से थाली में आ गया ।

जो मुँह में था किसी तरह किरन ने पानी के सहारे गले से नीचे उतारा।

मुँह फेरकर राजू सो गया था।

आज शादी के बाद प्रथम रात्रि जीवन की,

बिना खाये किरन बीता रही थी। उसे मन के कहीं किसी कोने में विश्वास था। शायद राजू अब उसे जगाए, उसे मनाये खाने को बोले पर वो नहीं जानती थी कि राजू उसे कभी नहीं खाने को बोलेगा, कभी नहीं मनायेगा, प्यार नहीं करेगा।

अचानक उसे सहेलियों कि एक बात याद आ गयी— क्या कह रह थीं सहेलियां, शादी के दिन, हँसी ठिठोली कर रहीं थीं सब बोल रहीं थीं ....

''अब तो ससुराल जा रही है। अपने प्रियतम के पास जा रही है, जीजा जी के पास। हम लोगों को तो भूल ही जाओगी। अब तो वहा आनन्द ही आनन्द होगा। रूठना-मनाना होगा।

कभी तू रूठेगी तो कभी वो। कभी वो मनायेंगे, कभी तू।

आह! सब झूठ था क्या, एक दिवा स्वप्न— उसने मन में सोचा।

कभी-कभी उसने देखा था कि माँ रूठ जाती थी तो पिताजी कैसे मनाते थे। शायद उसके निर्दोष मन ने भी कुछ ऐसी ही कल्पना कर ली थी।

कितने प्यार से, अधिकार से, भावना से उसने वह शब्द कहे थे--मैं रूठ जाऊँगी, मैं खाऊँगी भी नहीं।

किरन उदास हों गयी।

उधर राजू सोये जा रहा था,

बिना कुछ सोचे, बिना कुछ समझे। समझता भी कैसे इन सबको महसूस करने के लिए हृदय चाहिए। पत्थर भावना और प्रेम नहीं समझते।

उसे तो केवल हृदय समझ सकता है और वो उसके पास था ही नहीं।

उसे नींद ही नहीं आ रही थी इस बात पर, पर वह नहीं जानती थी कि आने वाली कई राते उसे बिना खाना के बिताना पड़ेगा। यहॉ तक की मृत्यु की रात और उसकी पिछली रात को भी निराहार रहना पड़ेगा।

(यह बात बाद में हमें पोस्टमार्टम रिपोर्ट से पता चली पर यह देखने के लिए किरन जीवित नहीं थी।)

उसे नींद ही नहीं आ रही थी। उसे राजू की बात दिल में लग गयी थी।

बार–बार मन सोचे जा रहा था– 'तो इनको मुझसे कुछ भी लगाव नहीं है? क्या इन्होंने सिर्फ मॉं के लिए शादी किया है?'

कई विचार उसके दिमाग में घूमने लगा– 'तभी तो इन्होंने मेरा खाना भी नहीं देखा। पूछा भी नहीं, बात भी नहीं किया।'

सोचते–सोचते बहुत गहरी रात को बड़े उदास मन से वो सो गयी।

अध्याय— 51

नयी सुबह हुयी। पूर्व दिशा में लालिमा छा गयी। भोर की ताजी शुद्ध हवा बह रही थी पर किरन का मन कुछ भारी था।

रात को पूरी नींद भी नहीं हुयी पर किरन जैसे ही स्नान करके पूजा करने बैठी........उसके विचारों ने पलटी खाया।

उसका शुद्ध, निश्छल, निर्दोष प्रेमपूर्ण सच्चा मन नये विचार लेकर हृदय में प्रकट हुआ। वह अपने आप से बात करने लगी....... ''अरे किरन कैसी है जी तु! किस लिए इतनी उदास हुयी तु! ऐसा उन्होंने क्या कहा!

यही तो कहा था सिर्फ माँ के लिए शादी की है। ये नहीं कहते तो क्या कहते? तू ही बता क्या ये कहते कि अपने लिए शादी की है।''

छी–छी

उसका मन सोचने लगा ....

''कितने उच्च विचार हैं उनके

माँ के लिए कितना प्यार है उनका''।

जो माँ से प्यार नहीं कर सकता

वह पत्नी से क्या प्यार करेगा।

जिस माँ ने गर्भ में 9 माह रखा,

जन्म दिया, पाला, पोषा।

जिसके साथ 25 साल का सम्बन्ध है।

उस सम्बन्ध पर क्या 10 दिन के सम्बन्ध को वरीयता देंगे!

मैं भी कितनी बुद्धू हूँ।

जब वो माँ को प्यार करते हैं तो जरूर मुझे भी प्यार करेंगे।

समय लगेगा पर उस प्यार को पाने के लिए तपस्या चाहिए।''

वह अपने को झिड़कने लगी-- 'कितना परेशान की न उनको मैं।

क्या सोच रहे होंगे?

खाना भी नहीं खायी। एकदम गाँव की सीधी लड़की हूँ, बेवकूफ बुद्धू।

चल जल्दी से उनके लिए बढ़ियां खाना बनाती हूँ।'

और किरन किचन में घुस गयी और बड़े प्यार से राजू के लिए खाना; नाश्ता बनाने लगी।

सच है शुद्ध मन शुभ देखता है सभी जगह और अशुद्ध मन अशुभ।

अध्याय– 52

किरन की नया जीवन शुरू हो गया। वह अब हर काम बड़े भाव से, बड़े प्यार से करती, और सोचती राजू, मेरे पति खुश होंगे।

दिन बितने लगे। राजू की दिनचर्या नहीं बदली पर किरन नहीं घबड़ायी।

वह तो अपने समझ से तपस्या कर रही थी और तपस्या मे तो धैर्य चाहिए, समय चाहिए।

पर राजू नहीं बदलने वाला था, बदलता भी कैसे, उसकी संगत ही कुछ ऐसी हो गयी थी।

पहले राजू अच्छा क्रिकेट खेलता था। एक बार एक समय था कि लगा

डी0एल0डब्लू0 की टीम में भी शामिल हो सकता था पर इसी बीच क्रिकेट खेलते वक्त, कही डी0एल0डब्लू0 से बाहर मैंच खेलते वक्त एक गलत ग्रुप के लड़कों के हाथ पड़ गया। उस ग्रुप में अधिकांश बदचलन, आवारा अशिक्षित तथा बदमाश लड़के। कोई 8 पास था तो कोई 6 फेल। उन सबने राजू को समझाया– सर डी0एल0डब्लू0 की टीम में क्या है, आप हम लोगों के साथ जुट जाइये फिर देखियेगा हम लोग करोड़ों कमायेंगे।

राजू ने पूछा– वो कैसे?

उनमें से एक जो उनका मुख्य था, समझाया .....देखिये सर हम लोग एक क्रिकेट कोचिंग सेन्टर खोलेंगे, आपका नाम रहेगा और हम लोगों का काम।

शुरू 100 लड़के होंगे। प्रत्येक लड़के की फीस होगी 1000/– रूपया।

उन सबका थोड़ा सा पैसा, उन्हीं में से थोड़े को रिटर्न करेंगे तथा उनसे प्रचार करायेंगे। इस तरह हमारे पास लड़के बढ़ेगे और साथ पैसा।

धीरे–धीरे उन सब के साथ का राजू को इतना रंग लगा कि वह उन्हीं के साथ ज्यादा रहने लगा जिसका पहला परिणाम यह हुआ कि वह डी0एल0डब्लू0 टीम से बाहर कर दिया गया, उसका खेल अब खराब होने लगा।

और दूसरा यह कि उसका व्यवहार भी बदल गया। अब उसे उन लड़कों का साथ इतना अच्छा लगने लगा कि वह कभी रात को 10 बजे लौटता, कभी 11 बजे।

वह लड़के भी राजू को खूब मूर्ख बनाने लगे, राजू के मुख पर उसकी खूब झूठी प्रशंसा करते।

संसार में ऐसा कौन है जो प्रशंसा से प्रसन्न नहीं हो जाता।

राजू भी फूल कर कुप्पा हो जाता। उन सब पर खूब खर्च करता, खिलाता, पिलाता। वो सब भी कहते-- हम लोगों का सब कुछ अच्छा है, बेजोड़ है। एक बार, बस एक बार समय अनुकूल हों जाए तब हम लोगों को कोई नहीं रोक सकता। तब हम लोग कहाँ होंगे हमें भी नहीं पता।

शादी के बाद भी उसका ढर्रा नहीं बदला।

वो धूर्त लड़के राजू को एक से बढ़कर एक सलाह दिया करते।

........''सर, शादी के कुछ साल तक औरत को दबाकर रखना चाहिए वरना यदि एक बार वो सर पर चढ़ गयी तो जीवन खराब हो जाता है।

सर जी स्त्रियों का चरित्र और पुरूष का भाग्य कब बदल जाय, ब्रह्माजी भी नहीं जानते।''

राजू उन सबकी बातों को आँखें मूदकर मानता था ।

जिसके पास अपने सोचने समझने की शक्ति न हो तो वह दूसरे के विचारों को आँख बन्द करके तो मानेगा ही।

अध्याय—53

दिन बीतने लगे।

किरन अपनी नयी दिनचर्या के ढलने लगी थी। इस बीच राजू दो तीन दिन के लिए बीमार हो गया था। किरन ने मन प्राण से राजू की सेवा की।

दिन भर राजू का ख्याल करती तथा रात में उसके पास बैठी रहती।

राजू जल्द ठीक हो गया। किरन के प्रेम का राजू पर थोड़ा प्रभाव पड़ा।

अब राजू काम के अलावा भी थोड़ा—थोड़ा बोलने लगा था। किरन भी बहुत खुश थी।

अध्याय– 54

आज मौसम बहुत सुहावना था। सुबह ही एक तेज पर छोटी अवधि की बारिश हो चुकी थी।

आज राजू के मन मे पता नहीं क्या आया कि किरन से उसने कहा-- चलो किरन आज तुम्हें बनारस घूमाता हूँ। चलो, जल्दी से तैयार हो जाओ।

किरन बहुत बहुत खुश थी, बहुत ही ज्यादा। उसे लगा उसकी तपस्या, उसकी साधना पूर्ण हों रही है।

किरन जल्द से तैयार हो गयी।

किरन राजू को पकड़कर मोटर साइकिल पर पीछे बैठ गयी। राजू की मोटर साइकिल चल पड़ी। राजू बोला– पता है तुम्हें कहाँ ले जा रहा हूँ।

शहर में भीड़ रहती है इसलिए सारनाथ ले जा रहा हूँ।

किरन और खुश हुयी। थोड़ी देर में दोनों सारनाथ थे।

सारनाथ भगवान बुद्ध से जुड़ा एक पवित्र स्थान, भगवान बुद्ध ने ज्ञान प्राप्त करने के बाद यहीं पर प्रथम उपदेश दिया था।

किरन के खुशी का तो ठिकाना ही नहीं था।

वह उस स्थान पर छोटी चिडियॉ की तरह उड़ रही थी।

कभी कहीं रूक जाती,

भूमि को हाथों से छूती,

फिर चूमती

यहीं वह स्थान है जहाँ कभी भगवाना बुद्ध टहले थे।

यहीं पर, इन्हीं हवाओं में उन्होंने भी साँस लिया था,

प्रथम अमृतमय वचन कहे थे।

पूरा भारत उनके चरणों में आश्रय लेने के लिए उमड़ पड़ा था।

भारत के आकाश में बुद्धं शरणम् गच्छामी का उदघोष गूँज पड़ा था।

आज धन्य हुयी। मेरी आत्मा, मन, शरीर सब पवित्र हुये।

किरन ने राजू से कहाः– 'आपको बहुत–बहुत धन्यवाद जो आप मुझे इस स्थान पर बिना कहे ले आये। पता है भगवान बुद्ध का जीवन बचपन से ही आकर्षित करता रहा है। मैंने उन पर ध्यान किया है, सोचा है, प्यार किया है। उनसे जुड़ी हर एक घटनाओं को जैसे उनकी शादी, पुत्र राहुल के जन्म के बाद रात्रि में घर छोड़ कर जाना, मुड़कर एक बार यशोधरा और राहुल को देखना, उग्र तपस्या, ज्ञान की प्राप्ति, डाकू अँगुलीमाल का परिवर्तन न जाने कितनी बार पढ़ा है।

वह सब मेरे मन में दृश्य की तरह अंकित है। मेरी एक बहुत बड़ी एक कल्पना थी छोटे से ही. .....भगवान बुद्ध से जुड़ी प्रत्येक स्थान पर मैं एक बार जाऊँ, कपिलवस्तु, गया, राजगृह, सारनाथ, कोशाम्बी

उन भूमि को छुऊँ, देखु प्राचीन भारत को।

और देखीये आज आप मुझे इस स्थान पर ले आये।'

राजू और किरन वहाँ घूमे। खाना खाये। फिर वो लोग एक संग्रहालय में गये, वहाँ बहुत सारी मूर्तियाँ अवशेष विभिन्न कालों से रखे हुये हैं।

किरन वहाँ राजू को सब एक गाइड की तरह बताने और दिखाने लगी। देखीये ये कुषाण काल का है, गुप्तकाल का है, मौर्य युग का है।

किरन को भारत का प्राचीन इतिहास मुँह जबानी याद था। वह आँख बंद करके भगवान बुद्ध के बाद से आज तक का इतिहास बता सकती थी।

इसके बाद इनका शासन हुआ, फिर इन्होंने इतना वर्ष शासन किया फिर किस–किस ने भारत पर शासन किया इत्यादि।

कुछ देर बाद राजू बोला........'चलो अब चलते हैं, यहाँ बहुत देर हो गयी।

अब दूसरे स्थान चलते हैं।'

किरन – कहाँ?

राजू :– अब हम चलेंगे बनारस हिन्दू विश्वविद्यालय। तुम्हें बहुत अच्छा लगेगा!

वहाँ एक काशी विश्वनाथ मन्दिर भी है। बहुत सुन्दर है।

मोटर साइकिल अब चल पड़ी बनारस हिन्दू विश्वविद्यालय की ओर।

सारनाथ एक छोर पर है बनारस के तथा बनारस हिन्दू विश्वविद्यालय दूसरी छोर पर।

मोटर साइकिल दौड़ने लगी। रास्ते में गाड़िया आ जा रही थी। बहुत सारे लोग इधर–उधर आ जा रहे थे। कहीं–कहीं बैल दिख जा रहे थे।

रास्ते पर विभिन्न फिल्मों के पोस्टर लगे हुऐ थे। किरन आज बहुत खुश थी।

किरन मोटर साइकिल पर पीछे बैठे हुए सोचने लगी.......... 'देखो कितने अच्छे हैं ये,

कितने समझदार है! दूसरे पति लोग अपनी पत्नी को फिल्म दिखाने ले जाते हैं या इधर–उधर पार्क में ले जाते हैं और ये मुझे इतनी बढ़ियाँ–बढ़ियां जगह पर ले जा रहे हैं। उसे राजू पर मोह आने लगा........'बेचारे इनको पढ़ने का मौका नहीं मिला पाया नहीं तो ये बहुत आगे जाते। 11 या 12 में थे तभी पिताजी का देहान्त हो गया। घर चलाने के लिए इनको पिता की छोटी सरकारी नौकरी ज्वाइन करनी पड़ी।

फिर भी कितने समझदार हैं'.......... 'हे भगवान आपको धन्यवाद जो आपने मुझे इतना अच्छा पति दिया, मुझ जैसी साँवली लड़की को।'

मोटर साइकिल बनारस हिन्दू विश्वविद्यालय के गेट पर पहुँच गयी।

वह पहली बार इतना बड़ा विश्वविद्यालय देख रही थी। किरन आश्चर्यचकित हो गयी .... 'हे भगवान! इतना बड़ा विश्वविद्यालय! बाबा रे, इसके आगे तो मेरा डिग्री कालेज, गरूआ मकसूदपुर एक बच्चे की तरह लगेगा, एकदम छोटा सा, प्राइमरी और इण्टर कालेज की तो कोई तुलना ही नहीं है।

किरन की तो आँखे फैल गयी।

हर एक विषय के लिए बड़ा सा डिपार्टमेन्ट, इतिहास के लिए अलग, भूगोल के लिए अलग, सभी के अलग–अलग, बड़े–बड़े हास्टल, चौड़ी– चौड़ी सड़कें साफ–सुथरी उन पर टहलती आत्म विश्वास से परिपूर्ण लड़कियाँ, कहीं–कहीं तो सूने स्थान पर अकेले जाती लड़की पर चेहरे पर भय का नामो निशान तक नहीं।

एक बहुत बडी लाइबेरी, किरन के दिल में एक इच्छा सा उठा...............

काश वो भी इस स्थान पर पढ पाती!

राजू को मोटर साइकिल बी0एच0यू0 की सडको पर रेंग रही थी। अब बोलने की बारी राजू की थी। राजू प्रत्येक स्थान पर मोटर साइकिल से किरन को घुमा रहा था तथा खुश होकर सब जगहों के बारे में बताये जा रहा था।

फिर गाड़ी मन्दिर के पास रोकी। दोनों ने वहाँ जूस पिया फिर मन्दिर के अन्दर दर्शन करने गये।

स्थान–स्थान पर नये शादी किये हुए जोड़े बैठे थे। भगवानजी के दर्शन के बाद राजू–किरन भी एक स्थान पर बैठ गये।

किरन बहुत खुश थी.......... आज मैं आपको जान गयी। आप बहुत ही अच्छे हैं बहुत--बहुत बहुत ही ज्यादा।

राजू भी खुश हो गया और बोला ...... आज मुझे तुम्हें कुछ देने का मन कर रहा है। तुम जो भी मांगोगी तो दूँगा। बोलो क्या चाहिए?

किरन-- जी कुछ नहीं।

राजू ने फिर बोला-- बोला न, मांगो।

जो कहोगी वो कर दूँगा।

किरन सोचने लगी .... क्या माँगू?

फिर अचानक उसकी दबी हुयी, पढने की इच्छा बाहर आ गयी, जो मन के कहीं किसी कोने में दबी हुई थी, बहुत पढ़ने की इच्छा।

तब किरन ने शर्माते हुए, धीरे से कहा ...... मेरा एम0ए0 इतिहास में यहाँ पर एडमिशन करा दीजिये ।

उसने सोचा इससे राजू भी खुश हो जायेगा पर हुआ एकदम उल्टा।

राजू के चेहरे का रंग ही बदल गया-- क्या तुमने मुझे बेवकूफ समझा है? क्या तुम्हें मैं बेवकूफ दिख रहा हूँ।

राजू चिल्लाने लगा था। बेचारी किरन एकदम सहम गयी।

राजू चिल्ला--चिल्ला कर बोलने लगा ....मैं पढ़ा लिखा हूँ लेकिन सब समझता हूँ।

मैं वहाँ नौकरी करूँगा और तुम यहाँ मौज उड़ाओगी, टहलोगी, घुमोगी।

किरन रोने लगी।

राजू डाटने लगा था...........तुमने सोचा ही यह कैसे? घर पर बूढ़ी माँ है। वह हम लोगों का खाना बनायेगी और तुम यहाँ ....

चलो जल्दी। अब घर चलो। यहाँ मुझे एक पल भी नहीं रहना है।

राजू की मोटर साइकिल घर की तरफ चल पड़ी। किरन की आँखो में आँसू थे और राजू मोटर साइकिल चलाते हुए बड़बडाये जा रहा था.........................

ठीक कहता है मेरा दोस्त, पढ़ा नहीं है लेकिन ठीक राय देता है। कह रहा था वो मुझको कि शुरू में मत घुमाइयेगा नहीं तो सर पर चढ़ जायेगी लेकिन मेरी बुद्धि मारी गयी।

सुना ही नहीं मैंने। देखो जरा किसी के बारे में नहीं सोचा, पढ़ना है मुझे,

पढ़ना ही था तो शादी क्यों की? अपने बाप से कही रहती। वही पढ़ाया रहता।

किरन के आँखों से गर्म—गर्म आँसू उसकी गालों पर गिरने लगे थे।

अध्याय–55

राजू घर पर किरन को छोडकर तुरन्त गाड़ी घुमाकर चल दिया। किरन ने डरते–डरते हुए, रोते हुए पूछा........... कहाँ जा रहे हैं?

पर राजू ने उसका जवाब भी नहीं दिया, कुछ बोला भी नहीं। चला गया।

वह बहुत नाराज लग रहा था।

जब राजू चला गया। उसकी गाड़ी आँखों से ओझल हो गयी तब किरन धीरे–धीरे अपने कमरे में आ गयी।

उसे अपना कमरा बड़ा सूना लगने लगा। सीधे वह बिस्तर पर गिर पड़ी। वह फूट–फूटकर रोने लगी।

राजू का व्यवहार, उसे अन्दर से दुःखी कर गया था।

क्या गलती की थी मैंने? लगे मन्दिर में चिल्लाने सबके सामने।

सब लोग देखने लगे थे।

कितनी शर्मिन्दगी लग रही थी।

फिर थोड़ी देर बाद वो अपने को ही कोसने लगी थी ....

मैं भी न कितनी बड़ी बुद्धु हूँ।

बहुत बेवकूफ हूँ गाँव की लड़की हूँ न इसलिए।

गाँव मे ही पली–बढ़ी हूँ इसलिए कम बुद्धि है मुझे।

बी0एच0यू0 देखकर पता नहीं क्या हो गया मुझे? किरन ने अपना सर पकड़ लिया और बहुत पछताने लगी .... पता नहीं कहाँ से पढ़ने की इच्छा आ गयी और उनसे बोल बैठी।

थोड़ी देर बाद फिर, उसके मन ने पलटा खाया ....चलो उन्हें पसन्द नहीं था तो उसके लिए धीरे से, शान्ती से मना कर देते

तो मैं क्या जिद करती करती! जानती हूँ मेरी किस्मत इतनी अच्छी तो नहीं ही है।

किरन की किस्मत इतनी अच्छी नहीं है। किरन रोने लगी अकेले कमरे में बैठ कर।

थोड़ी देर बाद फिर वह शान्त हुई। रो लेने पर मन कुछ हल्का हुआ।

फिर किरन को कुछ याद आने लगा। वह सोचने लगी— उस दिन भी कैसा व्यवहार किया था इन्होंने जब मैंने पूछा था कि रात में कहाँ रहते हैं मेरे पूछने पर एक दम भड़क उठे थे। फिर उसे राजू की बहन की याद आयी कैसे वो भी भड़क उठी थी सासु माँ की छोटी सी बात पर। लग रहा है भाई–बहन दोनों एक जैसे हैं, नाक पर ही गुस्सा है।

तभी राजू की माँ की आवाज आयी............. अरे किरन घर में कोई और भी है, इतना तो ख्याल रखा करो। अपने तो बाहर खाना खा आयी हो और मुझे भूखा रखोगी क्या?

चलो खाना बना दो।

किरन उठ पड़ी। आँसू पोछे और बोली ....जी माँ जी बनाती हूँ।

अध्याय– 56

दिन बीते जा रहे थे। सब कुछ वैसे ही था रूखा–रूखा सा।

राजू ज्यादातर घर से बाहर ही रहता था। कभी यहाँ मैच है

कभी वहाँ मैच है इसी बहाने से। घर का मतलब सिर्फ खाने से और देर रात सोने से ही रह गया था।

एक दिन राजू आफीस पहुँचा तो उसके एक साथी से चता चला कि सेक्शन इंचार्ज ने पूरी अपनी यूनिट के सदस्यों का परिवार सहित माँ वैष्णों धाम यात्रा का टिकट निकलवाया है। " तुम्हारा भी टिकट है"– साथी ने बताया।

यह सुनते ही राजू कहने लगा............अरे यार मैं कैसे जा सकता हूँ। मैं नहीं जा सकता हूँ।

मैं नही जा सकता हूँ मुझे ये काम है नहीं ....नहीं वो काम है। राजू बहुत सी बहाना बनाने लगा।

साथी बोला– देख राजू, इन्चार्ज साहब तुमझे वैसे ही नाराज हैं। अब तु नहीं जायेगा तो तु समझ। पता नहीं कैसे–कैसे लड़कों के साथ कहाँ–कहाँ घूमता रहता है। ड्यूटी भी ठीक से नहीं कर रहा है।

कभी–कभी हम लोगों के साथ भी रह लिया कर। सबका परिवार साथ चल रहा है

कितना मजा आयेगा। आगे तू जान।

अब राजू को कुछ समझ में नहीं आया कि क्या करूँ।

इस रविवार को ही ट्रेन है। मजबूरन उसे तैयार होना पड़ा।

राजू जब ड्यूटी करके घर आया तो माँ को बताया– माँ इस रविवार को मुझे और किरन को जम्मु जाना है। इन्चार्ज ने टिकट निकलवाया है

जाना पडेगा।

किरन जब सुना कि 5–6 दिन के लिए राजू के साथ जम्मु जाना है और ऑफिस के लोग भी अपने परिवार के साथ चल रहें हैं तो उसके मन एक आशा आयी, लगा कि शायद सब अच्छे लोगों के साथ से राजू में कुछ परिवर्तन आये।

उसने अपने भाग्य को धन्यवाद दिया जिसने एक अवसर प्रदान किया।

उसकी आँखों में आँसू आ गये। चूँकि अब वह 6 दिन सिर्फ राजू के साथ रहेगी और राजू मेरे साथ रहेंगे सिर्फ मेरे साथ।

खूब उनसे बात करूँगी, सब वो करूँगी जिससे वो खुश रहें।

बताउँगी उनको कि कितना प्यार करती हूँ उनसे।

किरन खुश हों गयी, बहुत खुश हों गयी और सोचने लगी–

उनको जम्मु के बारे में बताऊँगी। जम्मु के हर उस जगह पर ले जाऊँगी जहाँ मैं जा चूकी हूँ। हर उस चीज के बारे बताउँगी जिसे मेरे पापा दिखाये थे पिछली बार।

अध्याय— 57

हाय मेरी प्यारी बहन

तू सोच क्या रही है और होने क्या जा रह है।

क्या होने वाला है भविष्य में तू नहीं जानती। बातों का क्रम कहाँ पहुँचेगा तुझे कल्पना भी नहीं है।

तु सोचती है कि तेरे बताने से राजू के मन में प्रेम की नदी बहेगी पर होगा उल्टा।

उसके मन में, तो घृणा का समुंदर उठने वाला है जिसे तु कभी नहीं पार कर पायेगी। उसके मन में शक का तूफान उठने वाला है जिसे तु कभी शान्त नहीं कर पायेगी।

और हुआ भी वही जिसे किरन ने स्वपन में भी नहीं सोचा था........ यात्रा में, रेलगाड़ी में, बातों ही बातों में, प्रसन्नता के आवेग में, किरन बता गयी कि वो एक बार पहले भी जम्मु आ चुकी है। उसे बहुत अच्छा लगा था। बहुत लोग थे समय का पता ही नहीं चला।

राजू ने पूछा— कौन–कौन था? बड़ी खुश लग रही हो वो याद करके।

किरन सरलता से बोली .... मम्मी, पापा, हम तीन बहनें और दीदी की सास और दीदी के देवरजी।

राजू ने मुँह बनाया .... —दीदी जीजा नहीं थे और उनका देवर था, क्यू?

किरन बोली— अरे उस समय मेरी उनके साथ शादी की बात चल रही थी, इसलिये पापा उन लोगों को भी साथ ले लिये थे।

राजू बोला— उससे शादी! फिर शादी हुयी क्यों नहीं?

किरन हँसकर बोली :– उन लोगों को सब पसन्द था पर मेरा रंग नहीं इसलिए। मैं साँवली हूँ न इसलिए मना हो गया।

राजू अब गम्भीर होकर पूछा.......................... तुम्हें वो पसन्द था?

किरन सरलता से बोली– मेरी पसन्द, ना पसन्द से क्या होता है!

राजू गंभीर हों गया– 'लेकिन मैं जो पूछ रहा हूँ वो बताओ।

वो पसन्द था या नहीं? तुम वहाँ शादी करती या नहीं करती?

किरन ने कुछ देर सोचा और बोली– 'पता नहीं, मैंने ऐसा कभी सोचा ही नहीं। और जहाँ पापा करते वहीं तो मैं शादी करती।

राजू बोला– 'अच्छा, एक बात बताओ कि सफर में तुम्हारी बात हुई उससे? जरूर सफर में तुम्हारी उससे बात तो हुयी ही होगी।

किरन ने एक बार भी नहीं सोचा कि राजू यह सब क्यों पूछ रहा है, उसके मन में क्या चल रहा है।

रेलगाड़ी पटरियों पर धड़ा–धड़ दौड़ी जा रही थी।

किरन सरलता से बताती चली गयी............'ना, मेरी कोई बात नहीं हुयी उनसे। वो गाते थे मैं सुन लेती थी पर एक बात है वो गाना बहुत अच्छा गाते हैं।'

राजूः– 'इसका मतलब वो तुम्हें पसन्द थे।

तुम्हारे मन अब भी दुःख होता होगा कि उनसे शादी नहीं हो पायी।'

अब किरन का माथा ठनका:– 'ऐ जी, आप यह सब क्या कह रहे हैं?

किसी का गाना अच्छा लगा, इसका मतलब यह तो नहीं कि वो पसन्द हो गये।'

और मैं कुछ नहीं जानती! मैं सिर्फ इतना जानती हूँ कि शादी के बाद

मैं आपसे प्यार करती हूँ सिर्फ आपसे।

राजू ने तुरन्त पूछा– और शादी से पहले?

रेलगाड़ी आगे की तरफ, अपने लक्ष्य की तरफ दौड़ी जा रही थी।

किरन को अब ये बात चीत अच्छी नहीं लग रही थी। उसे कुछ नहीं सूझ रहा था। बातचीत कहाँ से कहाँ पहुँच गयी।

उसका माथा घूमने लगा– हे भगवान! आदमी हैं या कोई अबूझ पहेली! तभी राजू के दोस्त अपने परिवार के साथ उनके पास आ गये– अरे भाभी जी कुछ बातें घर के लिए भी छोड़ीये, हम लोगों का ख्याल ही नहीं है बस आपस में बातें हो रही है धीरे–धीरे। क्या बातें हो रही हैं, जरा हमें भी तो पता चले।

राजू बोला– कुछ नहीं! बस ऐसे ही इधर–उधर की बातें।

दोस्त बोला – अच्छा भाई न बताओं।

नयी शादी है हम लोग भी जानते हैं कि क्या–क्या बात होती है।

चलो अन्ताक्षरी खेलते हैं।

फिर ट्रेन में अंतराक्षरी शुरू हो गयी।

अध्याय—58

जम्मु की यात्रा समाप्त हो गयी। सब लोग अपने—अपने घर चले गये।

किरन भी घर आ गयी। राजू का व्यवहार और भी बुरा हो गया। वह अब किरन से हर बात को टेढ़ा जवाब बोलने, देने लगा।

कभी—कभी चिल्लाकर बोलता। सभी बातें रूखी, कठोर तथा आदेशात्मक होने लगी।

किरन की आँखों में आँसू आ जाते पर गलती तो उसकी ही थी, वो क्यों

दीदी के देवर के साथ जम्मु गयी! किरन सोचती थी, उसे ऐसा प्रतीत होता था कि राजू इस बात से नाराज है कि मैं क्यों मैं पहली बार दीदी के देवर के साथ जम्मु गयी पर फिर वो सोचने लगती थी कि इसमें मेरी क्या गलती है, मैंने कहाँ गलती की है वो तो मेरे पापा मुझे ले गये थे मैं क्या करती।

मेरा कितना बस था और मुझे पता ही क्या था कि मेरी शादी कहाँ होगी,

उसे अपने आप पर गुस्सा आने लगा था। उसे कुछ समझ नहीं आ रहा था। अंत में वह वही करने लगी जो हमेशा से करती थी भगवानजी से बातें।

वह भगवानजी से बातें करने लगी ....

हे भगवान! मैं कैसे उलझन में पड़ गयी हूँ,

जितना उनके पास जाती हूँ,

उतना ही वो दूर हो जाते हैं।

जितना उन्हें मनाती हूँ,

वो उतना ही ज्यादा नाराज हो जाते हैं।

पर प्रभु आप तो अंतरयामी हैं, सब जानते हैं, जानते हैं कि मेरे मन में क्या है।

उसने आँसू पोछा, निर्णय किया

और आज मैं उसने बात करूँगी। सब बातें साफ–साफ बताऊँगी

दिल खोलकर बोलूँगी कि मैं सिर्फ उन्हें ही चाहती हूँ, उन्हें ही प्यार करती हूँ।

मेरी सांसों में, मेरी धड़कन में, मेरे रग–रग में सिर्फ और सिर्फ आप ही बसे हैं। उसका मन थोड़ा शान्त हुआ– आज उनको मानना ही पड़ेगा।

अध्याय– 59

रात मे राजू घर आया। घर के सब लोग सो चुके थे।

जगी थी तो प्यारी किरन, मन में आशाओं की कल्पना लिये।

उसने राजू को पानी पीने को दिया। राजू के जूते को उठाकर सूज केस में रखा। हाथ धोकर राजू के लिए खाना ले आयी।

राजू खाने लगा था रोज की तरह। किरन के मन में आशा रहती थी किसी दिन तो ये कहेंगे, मेरा हाथ पकड़ेगे आओ किरन साथ खाना खाया जाय। तुम्हें भी तो भूख लगी होगी। मेरा इतना इन्तजार करती हो। मेरे खाने के बाद खाती हो। आज मेरे साथ खाओ।

ये मधुर कल्पनायें...........................

मन मेरे इन्हें सच करने के लिए मुझे इनसे बात करनी ही पड़ेगी। इन्हें सच बताना ही पड़ेगा कि मैं सिर्फ आपसे प्यार करती हूँ।

किरन ने मन को मजबूत किया, ... आप मुझसे नाराज हैं?

राजू– तुम्हें दिखता नहीं है? क्या तुम्हें पता नहीं है? खाते हुए बोला .....।

किरन– पर क्यों? मेरी क्या गलती है?

राजू– तुम्हारी कोई गलती नहीं है। गलती तो मेरी है जो तुमसे शादी की।

तुम्हारी शादी तो कहीं–

किरन का दिल कॉप गया। राजू की बात काटते हुए बोली– ऐसी बाते मत कहिये। मैं अब आपके बिना जी भी नहीं सकती।

राजू रूखे से बोला– मुझे खाना खाने दो। समझी।

किरन का गला भर आया– खा लीजिये पर इतना जरूर जानिये कि किरन आपकी और सिर्फ आपकी है और आपको बात करनी ही पड़ेगी अच्छे से।

प्यार करना ही होगा मुझसे,

काश अगर मेरे अन्दर हनुमान जी की तरह सामर्थ्य होती तो आपको सीना चीर के दिखा देती कि मेरे हृदय में सिर्फ आप हैं कह कर किरन रोने लगी थी।

किरन को रोता देखकर और उसकी बातों से राजू के मन में कुछ परिवर्तन आया। उसे किरन की बात सच्ची लगी। वह कुछ सोचने लगा फिर बोला, पहली बार थोड़ा प्रेम से बोला........... किरन चुप हो जाओ, आँसू पोछ लो। देखों मैं भी तुम्हें प्यार करना चाहता हूँ पर क्या करूँ।

पता नहीं कैसा मेरा मन है, देखता हूँ जानता हूँ, तुम सब काम अच्छे से करती हो, माँ का भी ख्याल रखती हो, मेरा इन्तजार करती हो पर मैं क्या करूँ, मेरे अन्दर शक की दीवार खड़ी हो गयी है, तुम्हारे चरित्र पर शक हो गया है। इसे मैं कैसे खत्म करूँ, समझ ही नहीं पा रहा हूँ।

मेरा मन पता नही कैसी–कैसी कल्पना कर लेता है कि तुम उसके साथ बात कर रही हो।

मैं इस कल्पना से ही आग में जलने लगता हूँ मेरे अन्दर आग लग जाती है।

किरन– मैं सच बोलती हूँ मैंने कभी उनके साथ बात नहीं की। मेरा उनके साथ कोई रिश्ता नहीं था।

अध्याय– 60

दिन बीतने लगे। राजू की दिनचर्या तो वैसी ही थी पर उसका चिल्लाना, रूखा व्यवहार करना कम हो गया था शायद उस दिन की बातों का उस पर प्रभाव पड़ा हो लेकिन राजू अब भी किरन से बोलता बहुत कम था, बोलता भी तो बस– कपड़े धो कर प्रेस कर देना, घर में पोछा लगा देना, जुते साफ कर देना। खाना बना देना बस इतनी ही, इस तरह बातें किया करता और घर पर रहता ही कहा था पर किरन खुश थी। उसे लगता था कि राजू बदल रहा है वह राजू के हर आदेश को बड़े प्यार से, बड़े भाव से करती थी कि राजू मेरा खुश होगा।

एक दिन राजू थोड़ा जल्दी घर आ गया। किरन भी अपना सब काम पुरा कर ली थी। खाना भी बन चुका था।

किरन राजू के पास बैठ गयी। राजू लेटा हुआ था। किरन ने बाते शुरू करने के लिए पूछा– क्या सोच रहें हैं?

राजू .... कुछ नहीं।

मुझसे कुछ बात नहीं करियेगा? किरन उससे बात करने लगी।

राजू सोचने लगा .... क्या बात करूँ किरन से ???

क्या बात करता वो। जैसे विचार होते हैं, बुद्धि होती है वैसी ही तो बात निकलती है मुँह से।

थोड़ी देर बाद राजू बात करने लगा– अच्छा किरन मुझे एक बात बताओ। तुम इतने जगहों पर रही हो, बम्बई भी गयी हो।

क्या कभी तुम्हारा किसी और से रिश्ता रहा है? मेरा मतलब कोई दोस्ती, मित्रता किसी लड़के के साथ।

किरन सोचने लगी क्या बात करने को बोली थी और ये क्या बात करने लगे।

किरन को सोचता देख राजू बोला .... देखो किरन, सच बोलना तुम्हें मेरी कसम। अगर तुम झूठ बोली तो मेरा मरा मुँह देखोगी।

किरन का दिल कॉप गया। हे भगवान! बातों का क्रम कहाँ आ गया। अब मैं क्या करूँ?

उसे बम्बई की बात याद आ गयी।

क्या करूँ?

बताऊँ या न बताऊँ ये पता नहीं क्या समझे।

लेकिन बताना तो पड़ेगा ही।

इन्होंने मुझे कसम दी है वो भी अपनी।

अगर मुझे इनका प्यार पाना है तो सच बोलना ही पड़ेगा।

मेरी तो उसमें कोई गलती नहीं है। मैंने तो कुछ किया नहीं।

वही मेरा दोस्त बनना चाहता था मैंने तो बस बचने के लिए वहाँ जल्दी से निकलने के लिए उससे हाथ मिला लिया था।

पूरी बात जानकर ये जान पायेंगे इनकी किरन सच्ची है।

गंगा माँ की तरह पवित्र है।

फिर इनके दिल में प्यार उमड़ पड़ेगा शायद।

शायद मेरे लिए इनके दिल कुछ जगह बन जायें।

फिर किरन सारी बाते बताने लगी।

हाय निर्दोष, सच्ची मन वाली मेरी बहन

तुम क्या करने जा रही हो?

तुम नहीं जानती,

तुम नहीं जानती इसका क्या परिणाम होगा।

हे स्त्री मन

पुरूष सब कुछ सह सकता है

पर आदि काल से स्त्री का किसी से मित्रता नहीं।

चाहे वह अपने कितना ही चरित्रहीन हो अपने सौ जगह झाकता है पर स्त्री तो उसे परम् पवित्र चाहिए परम् सती जो पर पुरूष को स्वप्न में भी नहीं देखें,

भले वह रोड चलते, गाड़ी चलाते लड़कियों को आँखे फाड़कर देखे

हे बहन फिर तुमने तो कुछ किया भी नहीं, फिर भी ....

तो किरन ने बताना शुरू कर दिया........ 'आपके शक को दूर करने के लिए आज मैं बता दूँ आपको कि मैं गाँव की लड़की हूँ। वहीं पली बड़ी हूँ।

कल्पना भी नहीं कर सकती।

हमारे गाँव की तरफ अगर किसी के बारे में थोड़ा कोई बात हो जाय तो भाई लोग पीटना शुरू कर देते हैं, पीट–पीट कर अधमरा कर दते हैं। इसलिये गाँव की तो कोई बात ही नहीं, प्रश्न ही नहीं उठता।

पर हाँ, जब पापा की पोस्टिग बम्बई हुयी तो मैं भी मुम्बई गयी थी।

वहाँ एक लड़की मेरी सहेली बन गयी, मधु नाम था उसका।

उसका एक लड़का दोस्त था देवेन्द्र। दोनों आपस में बहुत प्यार करते थे।

चूँकि लड़की को मेरी बातें, मेरा साथ बहुत अच्छा लगता था। उसने मेरी तारीफ लड़के से कर दी अब वह लड़का मुझसे दोस्ती चाहने लगा। मैं तो यह सब जानती भी न थी। एक दिन समुन्दर के किनारे जहाँ मैं बैठा करती थी, समुन्द्र को देखा करती थी घंटो, तभी वहाँ मधु आ गयी और मुझसे बात करने लगी।

जब हम दोनों बातें कर रहे थे तभी वहाँ देवेन्द्र भी आ गया।'

किरन सरलता से बताये चली जा रही थी–

'मुझसे दोस्ती का जिद करने लगा, मैंने तो मना कर दी।

पर वह एकदम तर्क विर्तक और फिर अनुनय विनय करने लगा। मुझसे दोस्ती के लिए आगे हाथ बढ़ा दिया।'

इधर किरन एक साँस में कहे जा रही थी, बिना रूके.......... बिना यह जाने कि राजू पर उसका क्या प्रभाव पड़ रहा है, शायद उसे प्यार का पाने को उम्मीद जग गयी थी। एक छोटी सी आशा, राजू आज उसे प्रेम से गले लगा लेगा पर जैसे ही किरन ने मुम्बई की बात शुरू की राजू के चेहरे का रंग बदलने लगा था। वह उठ कर बैठ गया।

वह गरम सांसे लेने लगा था

जैसे ही किरन ने कहा जब उसने आगे हाथ बढ़ा दी, तब मुझे कुछ समय में नहीं आया। घबड़ाहट में, जल्दी से वहाँ से निकलने के लिए, उससे बचने के लिए मैंने भी अपना हाथ आगे बढ़ा दिया।

जोर से एक लात,

किरन के पेट पर पड़ा।

किरन धड़ाम से

उछलकर दीवार में लड़ गयी।

राजू गाली देने लगा था ....

भद्दी–भद्दी

पता नहीं क्या–क्या बोलने लगा। चिल्लाने लगा।

किरन के आँखों के आगे अँधेरा छा गया। सर में चोट लग गयी।

किसी तरह बेचारी खड़ी हुयी। वह कॉपने लगी थी।

उसके पेट में भयानक दर्द शुरू हो गया।

राजू दौड़ता हुआ आया,

उसे झापड़—झापड़ मारने लगा—

गालो पर,

सिर पर,

पीठ पर, किरन सिकुड़ गयी थी।

फिर उसे कमरे में, दीवाल की ओर धकेल दिया।

तभी कमरें में फोन की घण्टी बजी। किरन ने फोन उठा लिया जल्दी से—

वह डर के मारे काप रही थी। वह फोन उठाकर रोने लगी, फूट—फूट कर रोने। संयोग से उधर माँ का फोन था। उधर से माँ की आवाज आयी.......क्या हुआ किरन?

किरन रोते हुए बोली.............

माँ मुझे बचा लों। ये मार रहे हैं।

माँ ने घबड़ाते हुये पूछा— क्या हुआ? तु घबड़ा मत।

सुबह ही भईया को भेजती हूँ।

राजू ने जैसे ही जाना कि माँ का फोन है। उसके कदम ठिठक गये। उसे समझ में नहीं आया अब क्या करें।

उसने बाहर से दरवाजा बन्द कर दिया और छत पर चला गया।

अध्याय–61

सुबह हुयी। सूर्य भगवान की नयी प्रथम किरणों ने पृथ्वी को, धरा को स्पर्श किया।

किरन की आँख खुली। वह जमीन पर बैठै–बैठै, पलंग पर हाथ और गर्दन रख के रोते–रोते पता नहीं कब सो गयी थी।

आँख खुली तो दरवाजा खुला था। राजू सुबह सुबह ही दरवाजा खोलकर कहीं चला गया था। उसे आशंका थी कि किरन के यहाँ से सुबह ही जरूर कोई न कोई आयेगा।

किरन कमरे से बाहर आयी। छत पर कुछ चिडियों की चहचहाने की आवाज आ रही थी। राजू का कहीं पता नहीं था।

रात की बात याद आते ही कुछ भय हो आया पर वह भय अपने लिये नहीं बल्कि अपने राजू के लिये, अपने पति परमेश्वर के लिये था।

उसे आशंका हों आयी कि भइया आकर कहीं राजू को मारने न लगे।

डाटने न लगे कि क्यों बहिन को लात से मारा। वो भी बिना गलती के।

किरन ने देखा था गाँव में कि कोई किसी की बहिन को देख ले बुरी नजर से, बोली बोलना और मारना तो दूर की बात रही केवल देख ले बुरी नजर से

तो भइया लोग कैसे मारने दौड़ पड़ते हैं।

पर वह छोटी अवोध सी बच्ची नहीं जानती थी

समाज की रीति को कि शादी के बाद सब बदल जाता है।

सिन्दुर के बाद बेटी पराई हो जाती है, अब उस पर उसके एक मात्र पति का अधिकार हो जाता है। चाहे उसका पति प्यार करें, मारे, पिटे, जलाये, अब सब यह उसकी किस्मत हो जाती है। समाज उससे मुँह मोड़ चुका होता है। अब यदि वह लौट करके घर आये तो बाप–भाईयों के लिये वह भार हो जाती है।

किरन ने जल्दी से घर फोन किया माँ भइया को समझा देना कि यहाँ आकर राजू को मारे नहीं, डाटे नहीं, डाटे नहीं, केवल प्यार से समझा दें।

पर तेरे भइया तो भोर में ही, पहली बस से बनारस के लिये निकल गया है। अब तो वह पहुँचने वाला होगा .... माँ ने कहा।

भाई थोड़ी देर में घर पहुँच गया।

क्या हुआ किरन– भाई ने पूछा?

किरन पानी पीने को लायी। राजू तो घर पर था नहीं।

क्या हुआ किरन– भाई ने फिर पूछा?

किरन अपने स्वभाव बस बोली– कुछ नहीं भैया।

भाई :– कुछ नहीं! मैं सुबह–सुबह ही गाजीपुर से बनारस आ रहा हूँ, भाग कर आ रहा हूँ और तुम कह रही हो कुछ नहीं।

किरन बताने लगी– भैया, फिर वह सब बात बताने लगी।

और अन्त में बोली– पर भईया अब वो समझ गये हैं अब वो मुझे नहीं मारेंगे।

धीरे–धीरे पूरा दिन बितने को आया पर राजू घर नहीं लौटा, उसका मोबाइल भी नहीं लग रहा था। शाम होने लगी थी। भाई को घर लौटना था। सुबह ड्यूटी थी।

अच्छा किरन चलता हूँ फिर कोई बात हो तो बताना।

किरन– जी भैया अब आप जाइये। रात हो जायेगी। आप चिन्ता मत करियेगा। जाते–जाते भाई ने एक सलाह दी– अच्छा किरन, एक बात है तुम राजू से न अच्छी–अच्छी बातें किया करों। छोटी और अर्थहीन बातें उठने ही न दिया करों।

किरन– जी भैया

भईया चला गया। मूर्ख और गधा भाई, एक रात रूक नहीं सकता था। देखता–समझता कैसी कठिन परिस्थितियों में रह रही है किरन। कैसे लोगों से घिरी है किरन, तब वो समझता पर उन दिनों वह अपनी ही दुनियाँ में मस्त था, खोया था।

कितनी आसानी से वह बात कह दी उसने अच्छी–अच्छी बातें किया करो, आपस में पर भईया, मूर्ख भईया को पता ही नहीं था यह कितनी कठिन बात है। जिसका दिमाग पहले से ही भरा हो, कूड़ा–करकट से। किरन कैसे वहाँ नये विचार डालती। जिसका हृदय पहले ही पत्थर हो गया हो बंजर जमीन हो वहाँ प्यारी बहन किरन कैसे उसमें प्रेम के अंकुर उगा पाती।

किरन भी तो चाहती थी– धर्म के बारे में बात करना, भगवान बुद्ध के बारे में बात करना, जीवन के रहस्यों, प्रेम, सुन्दरता एवं कविताओं के बारे में बात करना पर राजू कैसे बातों को दूसरी तरफ मोड़ देता था किरन को पता ही नहीं चलता था कि बातों का क्रम कहाँ से कहाँ आ गया।

पर फिर भी उसे एक आशा रहती थी कि उसका प्रेम, उसकी सच्चाई, एक दिन राजू के हृदय को बदल देगी राजू बदल जायेगा। उसे राजू के हृदय में स्थान मिलेगा।

अध्याय– 62

आज का दिन बड़ा सुहावना लग रह था किरन को।

राजू खाना खाकर ड्यूटी चला गया था। बड़ी मधुर–मधुर हवा बह रही थी।

किरन सभी काम करके नहा–धोकर सोचने लगी, चलो आज देर तक बहुत अच्छे से पूजा–पाठ करूँगी कितने दिनों से नहीं की हूँ।

अभी जैसे ही वह मन्दिर की ओर बढ़ी, दरवाजा बजने लगा। दरवाजा पर कोई था जो दरवाजे को खटखटाये जा रहा था। दरवाजा जब खोला गया तो दरवाजे पर ननद तथा उनका बड़ा बेटा बिट्टु 8 वर्ष का था। ननद जी एक हाथ से बिट्टु की कलाई जोर से पकड़ी हुयी थी। ननद बिट्टु का हाथ खींचते हुए सासु माँ के कमरे की तरफ बढ़ गयी।

किरन जल्दी से पानी लेकर आयी, फिर चाय बनाने के लिए किचन की तरफ लौट गयी।

अभी वह चाय छानी ही थी कि बिट्टु की जोर से रोने की आवाज आने लगी। किरन ट्रे में चाय लेकर आयी। बिट्टु जोर–जोर से रोये जा रहा था–

मुझे गाँव ले चलो माँ। मुझे पापा पास जाना है। गाँव ले चलो मुझे यह मत छोड़ो माँ।

ननद उसकी पिटाई किये जा रही थी साथ ही चिल्लाये जा रही थीः– अब तु यहीं रहेगा। गाँव में बहुत बदमाशी करता था। एक नम्बर का झूठा हो गया है। झूठी बाते बनाना सीख गया है। अब यहीं रहेगा तो पता चलेगा। जब मामी खाने को नहीं देगी टाइम से तब तुझे मेरी याद आयेगी।

और भी पता नहीं क्या–क्या ननद, बिट्टु को मारते हुए बोली जा रही थी

कहती थी न सुधर वरना वहाँ छोड़ दूँगी तब तुझे पता चलेगा। जब मामी मारेगी, खाना नहीं देगी तब तु सुधरेगा।

मैं क्यों मारूँगी और खाना नहीं दूँगी अपने बिट्टु को .... किरन ने चाय का ट्रे टेबल पर रखते हुए बड़े प्रेम से कहा।

ए तु क्यों बोली माँ– बेटे के बीच में? ननद चिखते हुए कर्कश वाणी में बोली। फिर चिल्लाते हुए बोली– अब बिट्टु यहीं रहेगा अपने मामा और नानी के पास।

किरन सहम गयी ननद की आवाज से।

फिर धीरे से बोली–जी, आप समझी नहीं, मैं रहने के लिए थोड़े बोल रही थी वो तो आप मेरा नाम लेकर बिट्टु को डरवा रही थी इसलिए ....

ननद और चिल्लाने लगी, किरन की बात काट कर बोली– तेरी इतनी हिम्मत कि मुझे समझायेगी और मेरे बेटे को रहने के लिए बोलेगी। इस घर को मेरे पिता ने बनवाया है और तु मुझसे जबान लड़ाने लगी।

आने दे राजू को उसे बताती हूँ। उसी ने तुझे सर पर चढ़ाया है। माँ को घर पर छोड़ तुझे जम्मु घुमाने ले गया था इसलिये तु इतनी चढ़ गयी है।

किरन को समझ में नहीं वो अब क्या कहे।

वह अपने कमरे में चली गयी और जाकर रोने लगी।

ननद दूसरे दिन अपने ससुराल, अपने गाँव लौट गयी बिट्टु को यही छोड़कर। साथ ही राजू को उसका यहीं एडमिशन कराने को बोल गयी।

अध्याय–63

बिट्टु का पास में ही एक छोटे प्राइवेट स्कूल में नाम लिखा दिया गया। किरन को पता चला कि बिट्टु गाँव में बहुत बदमाशी करने लगा था।

झगड़ा करना, झूठ बोलना, चोरी करके दुकान पर टॉफी खरीदना

सरे दुर्गुण छोटे पर से ही सीख रहा था।

विट्टु की सारी जिम्मेदारी किरन को सौप दी गयी खाना से लेकर पढ़ाने तक।

किरन के लिये नयी मुसीबत शुरू हो गयी। बिट्टु को यहाँ एकदम अच्छा नहीं लगता था। कहाँ इतना बड़ा गाँव, घूमने को स्वच्छन्द रूप से और अब दो तीन कमरे का शहर के मकान में बन्द तथा सबकी निगरानी में रहना।

राजू रोज देर रात में घर लौटता। तब तक बिट्टु खाना खा कर, दूध पीकर सो चुका होता फिर सुबह जब राजू बिट्टु से पूछता तो बिट्टुं बड़े भोलापन से नाटक करते हुए कह देता– नहीं मामा जी रात में कुछ भी नहीं खाया, दूध भी नहीं पीया, रात भर भूखे पेट सोया। बड़ी भूख लगी है।

राजू गुस्से से लाल हो जाता। राजू बिट्टु को प्यार करता, टॉफी दिलाता फिर

राजू किरन पर सुबह–सुबह ही चिल्लाने लगता– थोड़ी भी दया नही है ह्रदय में। बच्चा रात भर भूखे सोया है और मुझसे झूठ बोल दी और भी बहुत कुछ बोलता।

अध्याय– 64

शुरू में बिट्टू को लगा कि शायद ये सब करने से उसे सब लोग गाँव पहुँचा देंगे फिर उसे जब रोज–रोज टॉफी मिलने लगी शिकायत करने से तब इसमें उसे मजा आने लगा।

अब वह रोज–रोज किरन की कुछ न कुछ कुछ शिकायत राजू से करने लगा। किरन मन प्राण से बिट्टू की सेवा करती उसे पढ़ाने लेकर बैठती पर सब व्यर्थ। बिटटू एकदम बिगड़ चुका था, वह गाँव से ही पूरा विगड़ कर आया था। वह मामी से पढ़ता ही नहीं फिर मामा के आने पर शिकायत करता........ कि मामी मुझे पढ़ने नही देती और जब पढ़ने बैठता हूँ तब काम करने को कहती हैं।

किरन को अब कुछ सूझ ही नहीं रहा था क्या करें? अब उसे अब घबराहट होने लगी थी।

क्योंकि बिट्टू की शिकायतों से राजू भड़ककर चिल्लाने लगता था ।

अध्याय–65

दिन बीतते जा रहे थे। तभी किरन को आशा की नई किरण दिखाई दी। खुशी की एक किरन। किरन माँ बनने वाली थी।

अब उसे एक आशा की नयी किरण दिखायी दी शायद बच्चों के आने से अब सब कुछ बदल जाय। शायद बच्चें को देखकर राजू का मन बदल जाय। किरन बहुत आशान्वित हो गयी।

प्रकृति ने उसे बहुत बड़ा भूमिका दे दी थी निभाने को।

माँ बनना एक बहुत बड़ा कार्य हो जाता हैं।

इसी एक कार्य से वह सृष्टा के समकक्ष पहुँच जाती हैं।

इसलिये तो हमारे महर्षियों ने माँ को देवता का, भगवान का स्वरूप माना।

किरन ने निश्चय किया घर की परिस्थितियाँ चाहे अब कैसी भी हो अब वह प्रत्येक स्थिति में खुश रहेगी। क्योंकि अब उसकी साँसों के साथ कोई और भी साँस ले रहा था। किसी का जीवन उसके साथ जुड़ गया था।

कोई था अपना जो जीवन में सबसे पास था जो शायद उसके दुःख से दुःखी हो जाता होगा और जो उसके खुश होने से खुश हो जाता होगा।

माँ बनना एक बहुत बड़ी तपस्या है, धैर्य की, प्रेम की, त्याग की

किरन ने मन को बदलना शुरू किया, अपने मन को, दूसरों को तो बदल नहीं सकती थी। अतः वह अपने मन को बदलने लगी।

वह मन को विश्वास दिलाने लगी। वह मन को मजबूत करने लगी .... उन कहानियों से, पौराणिक कहानियों से जिसे उसने बचपन में सुना था, अपनी काकी से....................

जो त्याग से, तपस्या से, प्रेम से, उच्च भावनाओं से भरी हुयी थी........। इन्हीं में से एक थी भानुमति की कहानी। काकी आजी भानुमती की कहानी सुनाते हुए एकदम उसमें डूब जाती थी। काकी आजी जो 9 या 10 वर्ष की उम्र में ही विधवा हो गयी थी। प्रतीत होता था अपना पूरा जीवन 75 वर्ष की अवस्था तक भानुमति के जीवन के सहारे ही काट दी थी।

किरन को उस समय काकी का भानुमति में डूबना तो नहीं समझ में आता था पर कहानी अच्छी लगती थी।

और अब वही सब कहानियाँ उसे नया जीवन देने लगी। उन कहानियों से नये–नये अर्थ प्रकट होने लगे। काकी ने उसे कहानी सुनाया था.......... भानुमती एक गरीब ब्राह्मण की कन्या थी। जैसा की पहले के समय में होता था उस गरीब ब्राह्मण ने बहुत छोटे अवस्था में ही 6–7 वर्ष की अवस्था में ही अपनी कन्या का विवाह एक गरीब अनाथ पर शिक्षित ब्राह्मण युवक से कर दी। उस युवक का नाम वाचस्पति मिश्र था। वह युवक बड़ा ही निराला था। बस अपनी धुन में खोया रहता था। अपनी ही विचारो में लीन रहता था।

पहले के समय में आज की तरह स्कूल नहीं होते थे। गाँव के ही एक वृद्ध व्यक्ति से उसने धर्म शास्त्रों को पढ़ने की शिक्षा पायी। थोड़े ही समय में वह सारे शास्त्रों का अध्ययन करने में मगन हो गया। वह युवक बहुत ही तीक्ष्ण बुद्धि का तथा श्रुतिधर था।

एक दिन वह ब्रह्म सूत्र का अध्ययन कर रहा था। अचानक उसके मन में ब्रह्म सूत्र पर भास्य लिखने की इच्छा हुयी और वह शीघ्र ही वह भास्य लिखने में मगन हो गया और आस–पास की, बाहर की दुनियाँ को ही भूल गया। उधर कुछ समय बीतने के बाद भानुमति के पिता ने भानुमति को पति गृह पहुँचा दिया।

वह छोटी सी कन्या, भानुमति माता–पिता की उस शिक्षा के साथ कि स्त्री के लिए उसका पति ही भगवान होता है, पति ही उसका श्रृंगार होता है, पति ही उसका भगवान होता है, पति की पूजा सेवा ही भगवान की पूजा होती है, यही स्त्री का परम कर्त्तव्य है तथा परम् धरम है, पति घर रहने लगी।

उस छोटी कन्या को पति गृह पहुँचाकर पिता वापस चले गये। पहले पिता लोग अपनी कन्या के ससुराल में खाना तो दूर, पानी भी नहीं पीते थे।

वह छोटी सी कन्या अपने पति को, अपने सर्वस्व को, को श्रद्धा की नजरों से देखने लगी। उसे दुनियाँ का सबसे अनोखा, निराला पति मिला था जो बाह्य दुनियाँ से शून्य, अपने ही विचारों में लीन, सर्वदा लिखने पढ़ने में व्यस्त यह भी भूल गया कि कोई उसके घर आया है । शीघ्र ही वह छोटी कन्या अपने धर्म में लग गयी........... पति सेवा में।

वह कन्या पास पड़ोस से अन्न मांग ले आती। फिर भोजन तैयार करके पति के सामने रख देती। भोजन कर लेने के बाद उनका आसन साफ कर,देती।

वाचस्पति मिश्र यंत्रवत भोजन करते। भोजन करते समय भी उनका मन ब्रह्म सूत्र के एक–एक शब्द पर मनन करता रहता। भानुमति पति की सेवा में कोई त्रुटि न हो जाय इसका पूरा ध्याान रखती। पति को उसकी वजह से उनके कार्य में कोई बाधा न हो, इसका सर्वदा ध्यान रखती।

धीरे–धीरे समय बीतने लगा। दिन, महीने फिर वर्ष और वर्ष पर वर्ष बीतने लगे। उसी के साथ भानुमती का श्रद्धा प्रेम अपने पति के लिए बढ़ता गया। भानुमती के ह्रदय में अपने पति के लिए अपार प्रेम था। अपने पति को पढ़ते–लिखते देखती तो उसका मन मयूर नाच उठता। उसका मन पूर्णरूप से पति में विलिन हो चुका था।

कई वर्ष बीत गया। भानुमति युवती हो चुकी थी। वो पूर्णिमा की रात थी। भानुमति प्रत्येक सन्धया को दीपक का प्रकाश पति के सामने कर देती थी जिससे पति के अध्ययन में कोई व्यवधान न पड़ें। वाचस्पतिजी को पता ही नहीं चलता था 'कब सूर्य भगवान अस्त हो गयें औंर कब दीया का प्रकाश उनके कमरे में फैल गया'

फिर वाचस्पतिजी के सो जाने पर वह भानुमति सोने जाती थी और उनके जागने से पहले ही जग जाती थी।

उस दिन पूर्णिमा की रात थी। वाचस्पतिजी लिखे जा रहे थे। एक कोने में बैठी हुयी भानुमती अपनी पति को देखे जा रही थी, प्रेम भरी नजरों से।

धीरे–धीरे रात गहरी होती गयी। समय अपनी गति से आगे बढ़ता रहा।

आकाश में भोर के तारों ने दस्तक दे दी। वाचस्पतिजी उठ खड़े हुये। आज वह परम् प्रसन्न नजर आ रहे थे। आज उनका वर्षों का कार्य पूरा हो गया। आज रात में उनकी पुस्तक पूर्ण हो गयी थी। वह खुशी से कमरे में टहलने लगे। भानुमति ने पति को पहली बार इतनी प्रसन्न रूप में देखा। उसे बहुत अच्छा लगा। तभी वाचस्पति मिश्र की नजर दरवाजे पर बैठी भानुमति पर पड़ी।

वो चौक गयें .... कौन हो तुम इतनी रात में यहाँ क्या कर रही हो? .....उन्होंने पूछा।

भानूमति से कुछ कहते न बना। इतने वर्षों के बाद पति बोल रहा है। इतने वर्षों के बाद पति की वाणी सुनायी पड़ी। उससे कुछ कहते न बना।

वाचस्पतिजी ने फिर पूछाः– कौन हो तुम? क्या चाहिये तुम्हें? यहाँ क्यों आयी हों?

भानुमति को ये शब्द बिजली की तरह लगे।

वह बोली–जी मैं आपकी पत्नी, आपकी अर्द्धांगिनी , भानुमति।

वाचस्पतिजी ने चौंककर पूछा–यहाँ कब आयी'

भानुमति बोली – जी वर्षों से आपके पास हूँ। वर्षों से आपकी सेवा किये जा रही हूँ चुपचाप जिसे आपकी पढ़ाई में कोई व्यवधान न पड़े।

अब वाचस्पतिजी को ध्यान आया.... कैसे वर्षों तक उनका प्रत्येक वस्तु व्यवस्थित रहता था।

नहाने के लिए घर पर पानी, खाने के लिए भोजन, सोने के लिए स्वच्छ विस्तर तैयार रहता था। सन्ध्या के समय कमरें में दीपक जल पड़ता था।

ओह! मैंने कभी पढ़ने लिखने के धुन में इन घटनाओं का ध्यान ही नहीं दिया,

आह! मुझसे कितनी बड़ी गलती हो गयी वाचस्पतिजी रोने लगे।

भानुमति घबड़ा गयी। उसने पति को पहली बार फूट–फूटकर रोते देखा। उसने समझा कि उससे सेवा में कोई त्रुटि हो गयी। वह कॉपने लगी और क्षमा मॉगने लगी– जी मुझे क्षमा कर दें। मुझसे कोई त्रुटि हो गयी है तो मुझे मॉफ कर दें।

मैं गाँव की अशिक्षित कन्या हूँ। अब आगे से कोई भूल नहीं होगी।

वह कन्या भी रोने लगी।

वाचस्पतिजी रोते हुए बोले– नहीं तुमसे कोई भी सेवा में त्रुटि नहीं हुयी है। बात यह है कि–

आगे बोलने में वाचस्पतिजी का गला कॉपने लगा।

बात यह है कि मैनें प्रतिज्ञा कर रखी थी, संकल्प ले रखा था जिस दिन मेरी पुस्तक पूरी हो जायेगी उसी रात में सूर्योदय से पूर्व मैं घर का त्याग कर दूँगा।

मैं सन्यास ले लूँगा और आज ही मेरी पुस्तक समाप्त हो गयी तथा भोर भी हो गयी है। मेरा घर छोड़कर जाने का समय आ गया।

वाचस्पतिजी और भानुमति दोनों फूटकर रोने लगे। थोड़ी देर बाद वाचस्पति ने अपने आँसू पोंछे– हे देवी, मुझे सत्य की रक्षा के लिए घर से अब जाना ही होगा। मुझे तुम आज्ञा प्रदान करों।

भानुमती ने अपने आँसू पोछे। जाइये स्वामी, जाइये सत्य के सहारे

सत्य को प्राप्त करिये। जाइये अपने परम लक्ष्य को प्राप्त करिये।

और सत्य के लिए वाचस्पतिजी और भानुमति हमेशा के लिए अलग हो गये।

काकी भानुमति की कहानी सुनाते–सुनाते रोने लगती थी।

फिर किरन को अपना बचपन, मधुर स्मृतियाँ याद आने लगती।

कहानी सुनने के बाद काकी को रोता देख, कैसे–कैसे वह प्रश्न किया करती थी।

फिर क्या हुआ काकी? क्या वो लोग फिर कभी नहीं मिले?

अच्छा तो उन्होनें संकल्प तो मन में लिया था उसे बदल भी तो सकते थे। जाना ही था तो कुछ दिन बाद चले जाते। काकी उसके प्यारे–प्यारे प्रश्न सुनकर गोद में भर लेती।

नहीं मेरी प्यारी बच्ची। सत्य से बड़ा जीवन में कुछ भी नहीं होता। फिर यदि उस दिन तो रूक जाते तो उनका संकल्प झूठा हो जाता, फिर कैसे वह सत्य स्वरूप परमात्मा को प्राप्त करते।

सत्य का जीवन में बड़ा महत्त्व है। यह शिक्षा किरन ने काकी से इन्हीं छोटी–छोटी

कहानियों द्वारा पायी थी।

अध्याय– 66

इन कहानियों से किरन का आत्मबल फिर ऊँचा होने लगा। उसका विश्वास बढ़ने लगा।

बाहर की परिस्थितियाँ वैसी ही थी। राजू का व्यहार उसी तरह रूखा था। दुःख कष्ट वैसे ही थे पर अब किरन अन्दर से कुछ मजबूत हो रही थी। स्त्री चरित्रों में गहरे तक डूबना उसने काकी से ही सीखा था। अब वह इन दिनों में इन स्त्री चरित्रों में गहरे तक

डूब जाती......... भगवान बुद्ध की पत्नी यशोदा, जगजननी, परम पवित्र माँ सीता, सब का जीवन दुःखमय था। किसी को अपने पति का प्यार नहीं मिला। यशोदा के कुछ ही दिन का नवजात शिशु था तो बुद्ध सन्यासी बन गये। फिर आये भी तो बालक को सन्यासी बना दिया। माँ, माँ जगजननी सीता शादी कर के आयीं तो 14 वर्ष के लिए जंगल जाना पड़ गया। 1–2 वर्ष नहीं पुरे 14 वर्ष। जब बनवास का समय खतम होने वाला था तो तभी राक्षस उन्हें हर ले गया। वहाँ से महान युद्ध के बाद वापस आयीं ऐसा लगा जैसा माता के सुख के दिन आने वाले हैं, तभी गर्भावस्था में ही भगवान राम ने झूठे लाक्षन के कारण फिर से जंगल भेज दिया। फिर भी अन्त समय तक, पृथ्वी में समा जाने तक, उनके मन में केवल भगवान राम का, अपने पति राम का चिन्ता रहा, अपने कष्टों को भूल, केवल अपने पति का सुख चिन्तन करती रहीं।

माँ सीता की तरह न जग में कोई हुआ है न कभी होगा। वो एकदम अद्वितीय हैं। जब इन महान चरित्रों के बारे में किरन चिन्तन करती तो उसे एक ताकत मिलती, एक विश्वास भी।

घर के झगड़े, राजू की डाट–फटकार, बुरा व्यवहार पहले जैसा ही था पर अब वो सब उसे विचलित नहीं कर पाते। पहले वह रोने लगती थी पर अब वह केवल एक गहरा साँस लेती, संकल्प के साथ– नहीं अब मुझे रोना नहीं है। मुझे रोना नही है किसी भी कीमत पर क्योंकि मेरे पेट में कोई है।

मेरे रोने से वह भी रोने लगेगा।

मेरे दुःखी होने से वह भी दुःखी हो जायेगा।

मैं किसी भी कीमत पर उसे दुःखी नहीं कर सकती, उसे रूला नहीं सकती।

उसकी पृथ्वी पर शुरूआत नये जीवन की शुरूवात दुःख से नहीं कराऊँगी ।

किरन ने अपने मन को इन संकल्पों द्वारा ऊपर उठा लिया था।

अध्याय– 67

धीरे–धीरे समय आगे बढ़ने लगा।

दिन के बाद सप्ताह, सप्ताह के बाद महीना और अन्त में वह घड़ी, वह समय बहुत नजदीक आ ही गया, पृथ्वी पर नये जीवन का जन्म देने का समय। धैर्य की, इन्तजार की घड़िया समाप्त हुयी प्रतीत होने लगी।

स्त्री धैर्य का दूसरा रूप होती है शायद इसलिये भगवान ने इतना महान कार्य स्त्री को सौपा है।

पुरूष को अगर यह कार्य करना होता तो दो दिन के बाद ही वह घबड़ा जाता।

किरन ने भी 9 माह के लंबे इंतजरी के बाद एक पुत्र को जन्म दिया पर यह क्या हुआ ????

बच्चे में कुछ भी हलचल नहीं थी। जीवन का कोई लक्षण नहीं था। हॉ! बच्चा मरा हुआ था। पेट में ही मर गया था। वो बच्चे को गोद में लेकर रोने लगी थी। किसी तरह उसे बेहोशी का इन्जैक्सन देकर सुलाया गया। बच्चे का प्रवाह कर दिया गया।

किरन गर्भावस्था में एक बार बीमार पड़ गयी थी। उस समय एक अनुभवहीन ड़ाक्टर ने उसे हाई पावर की दवाई दे दी। किरन का बुखार तो उतर गया पर उस दवा ने बच्चे की जान ले ली।

इस घटना ने किरन के मन को बुरी तरह हिला दिया।

वो कितना रोयी अकेले..............हे प्रभु! ये मेरी किस गलती की सजा है?

हे प्रभु ये कौन सा न्याय है?

गलती मेरी और सजा मेरे बच्चे को।

हे प्रभु! इस पृथ्वी पर एक ही दिन माँ और बच्चें का जन्म होता है।

हे प्रभु! देखों मै माँ तो बन गयी।

पर मुझें माँ कहकर पुकारने वाला चला गया।

हे प्रभु!

अब मुझे कोई माँ नहीं कहेगा।

किरन रोने लगती फिर रोती और फुट–फुटकर रोने लगती।

उस बच्चे से उसने कितना आशा लगा रखी थी। आह पर सब खत्म हो गया। लेकिन जिन्दगी खत्म नहीं होती।

अध्याय– 68

धीरे–धीरे समय आगे बढ़ने लगा। समय सबको आगे खींच कर ले जाता है। बच्चे की मौत ने किरन के अन्दर एक बड़ा शून्य पैदा कर दिया था। उसका भोजन बहुत कम हो गया था।

वह बहुत कमजोर हो गयी शारीरिक और मानसिक दोनों रूप से।

उसे सहारे की जरूरत थी भावानात्मक रूप से पर यह उसे कहीं से नहीं मिला।

वह नितान्त अकेली पड़ गयी। उस अकेलेपन ने उसे तोड़ कर रख दिया।

बच्चे की मौत ने किरन को अन्दर से झकझोर दिया था। वह कमजोर हो गयी थी, मन से भी और शरीर से भी। वह जब सुबह अखबार ले कर पढ़ने बैठती, सब काम करने के बाद, फुर्सत के क्षणों में तो अखबार में जो दुर्घटनाओं के बारे में खबर दी होती, उन्हें पढ़कर वह कॉप उठती। विशेषकर मोटर साईकिल से होने वाली दुर्घटनायें उसे डरा देती।

जब भी राजू रात में घर से बाहर रहता, अब उसका मन बुरी आशंकाओं से भर जाता।

दुर्घनाओं के खबर उसके मन मस्तक पर हावी हो जाते। उसका मन विभिन्न प्रकार की कल्पनायें करने लगता। अपनी ही कल्पनाओं से वह डर जाती। शायद बच्चें के मौत ने उसे अन्दर तक हिला दिया था। उसका आत्म–विश्वास कमजोर पड़ गया था।

एक दिन इसी तरह राजू को घर लोटने में ज्यादा रात हो गयी। बूढ़ी सासू माँ शाम को ही सो गयी थी। बिटू भी खाना खा के सो चुका था। बिजली भी नहीं थी उस रात।

झिंगुरों की सन्–सन् की आवाजे आ रही थी। किरन डरने लगी थी। विचित्र प्रकार के कल्पनायें उसके मन में न चाहते हुए भी दौड़ने लगी।

वह बेसिक फोन से राजू को फोन मिलाने लगी। राजू का नम्बर नेटवर्क ऐरिया से बाहर बता रहा था। वह बहुत ड़र गयी। तभी उसे राजू की एक डायरी की याद आयी।

उसमें उसके एक मित्र का नम्बर लिखा हुआ था। उसने उस नम्बर को मिलाया।

उस नम्बर पर घंटी चली गयी। उधर से हेल्लों की आवाज आयी।

इधर से किरन बोली......... जी मैं डी.एल.डब्लू से बोल रही हूँ। जी उनकी पत्नी ।

हिन्दू धर्म में विवाहित स्त्रियाँ, गाँव की लड़कियाँ अपने पति देव का नाम नहीं लेती हैं।

उधर से आवाज आयी....... पहचान गया, भाभी जी। घर पर अकेली हैं क्या? कहिये तो आ जाऊ।

किरन सरलता से बोली— जी नहीं, घर पर सासू मां हैं और बिट्टू भी हैं।

उधर से एक दुष्टता भरी गन्दी सी हँसी की आवाज आयी..... ठीक है भाभी जी, जब अकेली हो तो बुला लिजियेगा।

किरन घबरा गयी....... जी उनका फोन नहीं लग रहा था इसलिये आप का.... उधर से आवाज आयीः— राजू बहुत—बहुत बदमाश हो गया है। पता नहीं क्या—क्या करता रहता है। वैसे आज वह जौनपुर नाइट क्रिकेट मैंच खेलने गया है पर उसे घर तो खबर कर देनी चाहिए शायद सोचा होगा कि बताने पर माँ नाराज होगी। पर कोई बात नहीं जब वह बाहर रहे मुझे याद कर लिजिएगा।

किरन ने फोन रख दिया। उसे थोड़ी निश्चितता तो हुयी पर थोड़ी देर बाद बुरी आशंकाओं ने फिर धर दबोचा....... इतनी दूर गये हैं, हाइवे पर। वो भी मोटर साइकिल से, कहीं कुछ हो गया उनको तो ....

फिर वह कॉपने लगी थी। थोड़ी देर बाद वह रोने लगी पर उसे चुप कराने वाला पास कोई नहीं था। उसकी ऑखों में नींद नहीं थी।

फिर उसे भगवान जी की याद आयी, वह उनसे प्रार्थना करने लगी।

हे प्रभु!

मेरे पति को सकुशल घर पहुँचा दे, उनकी रक्षा करना प्रभु।

उनके बिना मैं जी नहीं सकती,

हे प्रभु! तू मेरा सब कुछ ले ले मेरी आयु, मेरी साँस

पर मेरे पति को सकुशल घर पहुँचा दे,

रात के (ढ़ाई) बजे अचानक दरवाजा बजा। किरन दौड़ के दरवाजे पर गयी

उधर से राजू की आवाज आयी। किरन ने दरवाजा खोला और राजू से लिपटकर रोने लगी। राजू ने पूछा.................. क्या हुआ?

किरन रोते हुए बोली— भगवान जी का धन्यवाद, आप सकुशल हैं।

मुझे आज पता नहीं : कैसे–कैसे विचार आ रहे थे। मैं तो बहुत डर गयी थी।

राजू इस बात से बहुत चिढ़ गया। उसने दरवाजे पर ही अपना बैट और तैग पटक दिया और दाँत पीस–पीस कर चिल्लाने लगा......... पता नहीं कहाँ मैं फँस गया हूँ।

कैसी जगह शादी हो गयी है।

कैसी पागल मिल गयी है मुझे। एकदम पागल लगती है।

किरन एकदम सन्न रह गयी थी। अभी दो–तीन घटे लगातार गहरी रात में जब सब लोग सोये थे तो वह जिसके लिये जगकर भगवान से लगातार प्रार्थना किये जा रही थी।

हे प्रभु! मेरे राजू को बचा ले। उसे जीवन दे दे।

उसके बिना मैं जी नहीं सकती।

हे प्रभु! तू मेरा सब कुछ ले ले पर मेरे पति को सकुशल घर पहुँचा दें।

वह बार–बार प्रार्थना करती रही

हे प्रभु! मुझे कुछ नहीं चाहिए बल्कि तू उन्हें मेरी आयु दे दे

उन्हें सकुशल रख

वही राजू पागल कह चिल्ला रहा है। कहाँ फँस गया हूँ, कह रहा है।

उसके आखों से गर्म आँसूओं की धारा गालों पर बहने लगी ।

हे प्रभु, क्या सचमुच में मैं पागल हूँ?

भगवान क्या सचमुच में मैं पागल हो रही हूँ?

हे प्रभु! मेरा चिन्तन कैसा होता जा रहा है।

मेरे चिन्तन पर मेरा नियन्त्रण खत्म होता जा रहा है।

अच्छा किया मेरे पति ने जो मुझे झिड़क दिया। मुझे मेरी कमियाँ दिख गयी।

हे प्रभु! हे भगवान, मुझे शांति व शक्ति दे।

मैं अपने आप को बुरी आशंकाओं के चिन्तन से रोक सकूँ।

कितनी भोली और सच्ची थी किरन, उसने जीवन भर कभी किसी दूसरे की गलती नहीं देखी।

सर्वदा अपनी गलती ही खोज लेती।

अध्याय– 69

किरन अपने को सभालने लगी थी। जीवन अपनी गति से आगे बढ़ने लगा। एक दिन राजू के एक मित्र के घर शादी थी। पूरे परिवार को निमन्त्रण था। सब लोग तैयार होने लगे शाम को, राजू बिट्टू और माँ।

पर किसी ने भी किरन को तैयार होने को नहीं कहा। राजू के दिमाग में पता नहीं क्या–क्या कूड़ा कर भरा रहता था। वो कैसे ले जाता किरन को, वो भी शादी के समारोह में।

सब लोग तैयार होकर चले गये। घर पर रह गयी केवल अकेली किरन।

बेचारी उसका भी कितना मन था वो शहर के, किसी शादी पार्टी में जाती

थोड़ा अच्छा–अच्छा खाना खाती, थोड़ा पति के साथ घूमती जैसे और लड़कियाँ घूमती है आखिर वो भी तो बच्ची ही थी।

क्या हुआ जो शादी विवाह हो गया,

पर नहीं, उसकी सारी इच्छाओं का एक–एक करके उसके पति ने गला घोट दिया।

उसने पढ़ना चाहा।

क्या बोलो राजू ने .... पढ़ना ही था तो शादी क्यों की।

किरन ने भी अपने मन को समझ लिया था ..... ए मेरे मन, ए सब चीजें तेरे लिए नही हैं। कम से कम इस जन्म में तो नहीं ही।

रात के 9:30 हो गया। राजू जाते समय बोल गया था.... खाना बना के खा लेना।

हम लोगों को देर हो सकती है, 12–1 भी बज सकता है आने मे। सब जगह ताला लगा लो पर सो मत जाना पता चलें हम लोग रात भर गेट ही पीटते रहे।

किरन ने ताला लगा लिया पर उसे आज अपने लिए खाना बनाने का मन नहीं कर रहा था। वह कमरे में लेटी हुयी, सूनी आँखो से आकाश की ओर निहार रही थी। पूरा घर झन झन कर रहा था। समय जैसे रूक गया लगता था। उसे एकदम अच्छा नहीं लग रहा था। तभी गेट पीटने की आवाज आयी।

आ गये क्या लोग पर इतनी जल्दी उसके मन मे आया ....

शायद सोचे होंगे घर पर अकेली है किरन।

किरन गेट पर आयी। कोई गेट खटखटा के शान्त हो गया था।

किरन ने पूछा– कौन है?

उधर से आवाज आयी .... जी मैं हूँ, उस दिन आपने फोन किया था, राजू का दोस्त।

गेट खोलिए, मुझे बहुत जरूरी काम है।

किरन ने गेट खोल दिया और कहा– जी घर पर कोई नहीं है। बताइये क्या काम है?

राजू का दोस्त बोला– मुझे पता है कि घर में कोई नहीं है। चलिए कमरे के अन्दर बैठकर बातें करते हैं। वह मुस्कराने लगा।

किरन का माथा ठनका। उसे कुछ शक हुआ। वह कुछ थोड़े कड़े शब्द में बोली..

जी नहीं, यही गेट पर बताइये। आपको क्या काम है? यहाँ क्यों आये हैं, जब आपको पता है घर पर कोई नहीं है?

वह मुँह बनाकर बोलाः– जी उस दिन अपने फोन किया था तभी मैं समझ गया था कि राजू आपका ध्यान नहीं रखता। मैंने सोचा चलो आप अकेली ....

किरन गुस्से में कॉपने लगी थी। इतना गन्दा विचार, इतनी हीन सोच, दोस्त होकर!

भगवानजी ने स्त्री को इतनी शक्ति, समझ दी है कि वह सामने वाले पुरूष की नियत अनकहे भाव जान जाती है।

किरन चिल्लायी ....यहाँ से भाग जाओ वरना मैं चिल्लाने लगूँगी।

वह सकपका गया। उसे इस तरह की कोई कल्पना ही नहीं थी। वह तुरन्त वहाँ से भाग गया।

अध्याय—70

किरन ने गेट बन्द कर लिया। वह अन्दर चली आयी। कमरे में वह बिस्तर पर गिर पड़ी। तकिया को उसने दोनों बाहों में भीच लिया और लगी फुट—फुट कर रोने।

हे भगवान! इतने गन्दे विचार वाले दोस्त हैं इनके। कैसे इसने इतना गन्दा विचार सोच लिया। वह रोये चली जा रही थी। यही सब मेरे पति को गन्दा विचार देते हैं।

हे भारत तुम कभी मत भूलना तुम्हारी स्त्रियों का आर्दश सीता, सावित्री, दमयन्ति हैं। हे भारत तुम कभी स्त्रियों को भोग की दृष्टी से मत देखना।

सर्वत्र उनको महामाया का, दुर्गा माँ का एक रूप जाननाये वचन थे युग नायक स्वामी विवेकानन्द के।

पर आज भारत, प्रतीत होता है उनके दिव्य संदेशों को भूल गया। अब भारत स्त्रियों को पूज्य की दृष्टी से नहीं, भोग की दृष्टी से देखने लगा।

हे भारत माँ, क्या हो गया तुम्हारे इन पुत्रों को भारत माँ तुम क्यों नहीं अब शिवाजी जैसे पुत्रों को जन्म देती हो। शिवाजी के सामने जब शत्रु पक्ष की जीती हुयी एक परम सुन्दरी कन्या को लाया गया तो उन्होंने उसे माँ की दृष्टी से देखा और उसे ससम्मान शत्रु पक्ष में पहुँचा दिया।

हे भारत माँ सब कुछ बदल गया तुम्हारे इस देश में।

किरन रोये जा रही थी फिर फिर रोये जा रही थी।

धीरे—धीरे घड़ी की सूइयों ने रात के एक बजाया।

वह सोचने लगी .... आने दो उनको, आज बता दूँगी उनको, कैसे—कैसे घटिया दोस्त बना रखे है। वही सब आपके दिमाग में कूड़ा—करकट भर देते हैं। उन सब दोस्तों ने ही आपके दिमाग को कुंठित कर रखा है, जड़ बना दिया है आपको।

छोड़ दीजिए उन सबको

तभी उसके दिमाग ने पल्टी खाया........ लेकिन अगर उन्होंने नहीं छोड़ा तब, यदि उन्होंने मुझ पर शक किया तो, कहीं रात में यह बात उन्हें पता चलते ही कहीं मुझे ही मारने पिटने चिल्लाने लगे तब ....

किरन बहुत डर गयी उसे पहले की राजू का व्यवहार सब याद आ गया .... चीखना–चिल्लाना, गाली देना।

वह बहुत घबड़ा गयी, डर गयी .... नहीं मैं उन्हें यह बात नहीं बता सकती, रात में तो एकदम नहीं। कहने लगेंगे चिल्लाने लगेंगे पार्टी का सारा आनन्द खत्म कर दिया। अच्छा उन्हें सुबह बता दूँगी। अच्छा दो तीन दिन बाद बता दूँगी या सासु माँ के जरिये उनको

बताऊँगी । यही सब उधेड़–बुन उसके मन में चलने लगा।

रात के 1:30 बज गया। बाहर गेट पर उन लोगों की आवाज सुनाई दी। किरन ने गेट खोला। सबको पानी पीने के लिये ले आयी। सब लोग थके हुये थे। सब लोग सो गये जल्दी।

किरन भी आकर बिस्तर पर लेट गयी। उसने आज कुछ भी नहीं खाया था। वह बिस्तर पर पड़े–पड़े कुछ कुछ सोचते हुये सो गयी।

अध्याय–71

रात बीती, सुबह हुयी, जीवन आगे बढ़ा। किरन ने नाश्ता तैयार किया। राजू नाश्ता करके सुबह 8 बजे रोज की तरह चला गया। किरन अभी कुछ खाने बैठी ही थी कि गेट खटखटाने की आवाज आयी। कोई जोर–जोर से दरवाजा खटखटा रहा था।

किरन का जी जोर से धड़क उठा। उसे रात की बात याद आ गयी। बेचारी कल से कुछ खायी नहीं थी। भूख के कारण से थोडी देर के लिए वह सब कुछ भूल गयी थी। नाश्ता रख के वह गेट पर गयी। उधर से ननद की आवाज आयी। किरन ने गेट खोला।

गेट पर ननद थी .... इतनी देर से क्या कर रही थी। मैं कब से गेट खटखटा रही हूँ। खड़े--खड़े मेरे पैर में दर्द होने लगा। ....वही कर्कश चिर--परिचित सूखी वाणी, वहीं रूखा गुस्से वाला चेहरा, ननद कुछ बड़बड़ाते हुये माँ के कमरे में चली गयी।

पीछे से ननद के पति भी गेट पर आ गये। बड़े उदास तथा दुःखी दिखाई पड़ रहे थे।

कपड़ा भी पुराना मुड़ा हुआ जैसे लग रहा था, जो रात को पहना था वही पहनकर चले आयें हों। आकर उदास मन से बाहर बरामदे वाली कुर्सी पर बैठ गये।

किरन अन्दर आयी। किचन में गयी, चाय बनायी। फिर सब लोगों के लिए चाय, मीठा, पानी एक ट्रे में लेकर सबके आगे देने लगी।

पहले उसने जीजाजी के आगे चाय और मिठाई पानी रखा। अभी किरन उनके आगे रखकर ननद को चाय देने के लिए मुड़ी ही थी कि पीछे से अचानक ननद दौड़ती हुयी आयी और अपने पति के आगे रखा हुआ सब एक झटके में उठा के फेक दी।

फिर गन्दी--गन्दी अपने पति को गाली देने लगी। चिल्ला--चिल्ला कर अपने पति को बोलने लगी।

तब किरन को पता चला ननद सुबह--सुबह ससुराल से भाग आयी है सबसे लड़झगड़ के।

पति बेचारा पीछे--पीछे दौड़ते--दौड़ते आया है कि कहीं रास्ते में कुछ कर न ले अपने आपको।

ननद अपने ससुराल में हमेशा सबसे झगड़ा किया करती है। उस झगड़े में पति एक तरफ चुपचाप खड़ा हो जाता है। यह बात ननद को बुरा लगती है। ननद चाहती है कि पति भी उसकी तरफ से झगड़ा करें अपनी माँ से, अपने बाप से, अपनी भोजाई से पर पति कभी झगड़ा ही नहीं करता एकदम शान्त खड़ा हो जाता है।

कल रात भी ऐसा ही हुआ था। इसलिये ननद अपने पति को यहाँ से भगा रही

थी। थोड़ी देर बाद जब उसका पति चला गया तब उसका गुस्सा किरन की तरफ मुड़ गया। तू क्यों उसको चाय दी? पराये मर्दों के सामने चली जा रही है। बहुत तेरा दिमाग खराब हो गया है।

किरन तो सन्न रह गयी। क्या बोल रही है ये फिर थोड़ा हिम्मत बटोर कर बोली........ पराये मर्द, जी, वह आपके पति हैं और मुझे क्या पता कि आप झगड़ा कर के आयीं हैं।

ननद और जोर से चिल्लाले लगी। ये देखो मुझसे जबान लड़ाती है। मेरा पति है तो मुझसे पूछ कर दी होती। आने दो राजू को, बताती हूँ बहुत चढ़ा दिया है सर पर।

किरन समझ गयी इससे बोलना ही व्यर्थ है। एक तो कुछ समझती नहीं, ऊपर से शब्दों का कुछ का कुछ और ही अर्थ निकालती है अपने मन से।

किरन अपने कमरे में चली आयी। उसकी आँखों में आँसू आ गया। उसका मन उदास हो गया........ हे प्रभु! कहाँ आ गयी हूँ मैं? वो धीरे-धीरे रोने लगी। सारा वातावरण बोझिल हो गया।

शाम को जब राजू घर आया ननद उसकी बहन। उसे पर ही मिल गयी। आते ही राजू के वह शुरू हो गयी............. देख अपनी पत्नी को काबू में रख। अपने मन वाली होती जा रही है। किसी के भी सामने चली जा रही हैं। उसे शर्म लज्जा तो रह ही नहीं गयी है। अपने को शहर वाला समझ रही है। भूल गयी है कि गाँव से आयी है।

किरन को ननद की ये सब बाते तीखे बाण की तरह लग रहे हैं। उसने गहरी साँस ली........... किसी का स्वाभाव तो बदला नहीं जा सकता और उसमें भी इस जैसी ननद का। वह तो यह शिकायत करती ही, यदि मैंने सुबह चाय नहीं दी होती तब वह शायद चाय, पानी न देने के लिए झगड़ा करती।

राजू ने पूछा.......... क्या हुआ दीदी?

उसकी दीदी ने सारी बातें बतायी।

राजू ने सारी बात सुनकर कहा– अरे, दीदी इसमे मेरी किरन का कहॉ दोष है? वो अपने प्यारे जीजाजी हैं।

कहीं दूर जैसे मन्दिर की घंटिया बजी हो। कहीं जैसे मरूस्थल में बारिश होने लगी हो।

जैसे किसी मरते हुए को अमृत मिल गया हो वैसे ही राजू के ये शब्द मेरी किरन का

कहाँ दोष है लगा।

कितना मीठा लगा ये शब्द मेरी किरन। एकदम मधु की तरह, शहद की तरह।

किरन तो संभावित राजू के अब चिल्लाने, डॉटने का इंतजार कर रही थी पर ''मेरी किरन का कहाँ दोष है'' शब्द ने पहली बार किरन के सूखे प्यासे ह्रदय में बरसा की मीठी फुहारे पड़ाई। पहली बार मीठे शब्दो के जादू ने जलते हुए मन पर ठड़क पहुँचाई। भले ही यह थोड़ी देर के लिए था।

उधर ननद राजू यह शब्द सुनते ही जल भुन गयी और लगी चिल्लाने ...... ये देखो, इसे शर्म भी नहीं आ रही। अपनी बहन के सामने अपनी पत्नी का पक्ष ले रहा है।

उस काली कलूटी पत्नी का, उस करीठी का। अभी यह हाल है अगर वह काली नहीं होती तो क्या करते।

ननद लगी गन्दी–गन्दी गालियाँ देने चिल्ला–चिल्ला कर। राजू अपनी बहन को शान्त करने लगा।

किरन को तो समझ में ही नहीं आ रहा था अब क्या करूँ।

तभी राजू बोला : दीदी शान्त हो जाओ अभी मैं किरन को बुला देता हूँ। तुमसे मॉफी मागेगी और फिर कभी तुमसे जबान नहीं लड़ायेगी।

किरन को बुलाया गया। किरन आयी ननद के सामने। फिर राजू के कहने पर किरन ने ननद का पैर पकड़ा। माफी मांगी।

'मॉफ कर दो दीदी, माफ कर दो मुझे

अब ऐसी कोई गलती नहीं होगी'।

आज मासूम बच्ची, किरन मॉफी मांग रही है ननद का पैर पकड़ कर, वो भी ऐसी गलती के लिए जिसे उसने किया ही न था। किरन के आँखों में आँसू आ गये।

अध्याय–72

राजू का वो दोस्त जो उस दिन रात में राजू के घर आया था, पुरे दो दिन राजू से बचा रहा पर तीसरे दिन अचानक बाजार में वह मिल गया।

राजू ने उसे देखते ही पकड़ लिया ...... अरे कहाँ हों यार?

मुझसे कोई गलती–वलती हों गयी है क्या, जो मुझसे मिल नहीं रहे हो।

राजू का दोस्त तो राजू को देखते ही सकपका गया। एकदम घबड़ा गया पर जब उसने राजू को यह सब बात करते हुए देखा तब जा कर उसके जी में जी आया।

'अच्छा तो अभी इसे पता नहीं है' उसके मन में विचार चलने लगा' पर

पर जरुर जरुर एक न एक दिन इसकी पत्नी इसको सब बता देगी।

मैंने इसकी पत्नी की आँखों में पवित्रता देखी, इसके प्रति प्रेम की चमक देखी है, उसके शब्दों में आत्मविश्वास की ताकत देखी है।

वह बहुत डर गया।

'जरूर इसकी पत्नी इसको बता देगी कि मैं शादी वाले रात उसके घर गया था। नहीं, नहीं फिर बात बहुत बिगड़ जायेगी। सब दोस्त जानेगें। मैं शर्म से किसी से मिल भी नहीं पाऊँगा। चलो उससे पहले ही उसको बता देता हूँ, दूसरी तरह से घुमा कर के और वह शुरू हो गया– अरे परसो शाम मैं तेरे घर गया था। शायद थोड़ा अँधेरा हो गया था। भाभी जी नहीं बतायी क्या?

राजू बोलाः– नहीं तो।

उसका कपटी मित्र बोला– अरे मैं तेरे घर की तरफ से जा रहा था, थोड़ी रात हो आयी थी। मैं सोचा तुझसे मिलते चलूँ। मैं तेरे घर गया। पता चला सभी लोग किसी शादी में गए हैं, घर पर कोई नहीं है। केवल भाभी थी तो मैं लौटने लगा तो भाभी बहुत बुलाने लगी आइये, थोड़ी देर बैठिये, चाय पी लीजिए।

जब मैंने चाय को मना किया

तो पानी पीने के लिए जिद करने लगी। लेकिन मैंने साफ कह दिया कि जब राजू घर पर नहीं है तो मेरा बैठना उचित नहीं लेकिन एक बात बताओ भाभी तुझे बतायी नहीं कि

मैं तेरे घर आया था।

राजू यह सब सुनकर गुस्से से आग बबूला हो गया। तुरन्त गाड़ी स्टार्ट करके वहाँ से चल पड़ा। गाड़ी भगाते हुए घर आया।

घर आते ही चिल्लाने लगा था

करीठी, करीठी

खुद भी काला था,

अन्दर से और बाहर से पर अपनी पत्नी को करीठी करीठी कह रहा था।

किरन, अपने पति परमेश्वर के मुँह से

यह सब सुनकर कॉपने लगी।

उसका ह्रदय जोर–जोर से धड़कने लगा।

वह कॉपते हुए, ड़रते हुए राजू के सामने आयी।

राजू भी कॉप रहा था मगर गुस्से से।

राजू की बहन, किरन की ननद जिसका ह्रदय एकदम काला था अपनी कुटिल मुस्कान के साथ तमाशा देखने के लिए आ कर खड़ी हो गयी।

राजू चिल्लाकर बोलाः उस रात मेरा मित्र घर पर आया था कि नहीं?

किरन कॉपने लगी।

राजू उसको एक थप्पड़ जोर से मारकर बोला........... बोल, वो आया था कि नहीं? दुबली–पतली, कमजोर किरन गिर पड़ी।

फिर

किसी तरह उठ ही रही थी

कि

राजू का एक लात जोर से

उसकी पीठ पर पड़ा।

ननद की

जोर—जोर

से आवाजे आ रही थी

मार राजू मार इसे

यह सर पर चढ़ गई करीठी, ...

....

अध्याय–73

हमारी गाड़ी दरवाजे पर पहुँच गयी।

चारो तरफ पुलिस है।

मुहल्ले वाले भी खड़े हैं।

बादल छट गये हैं।

बहुत तेज धूप हो गयी है ।

दिल जोर–जोर से धड़कने लगा है।

कुछ अनहोनी की आशंका से मन कॉप रहा है।

सब लोग घर से बाहर ही खड़े हैं। गेट को बन्द किया गया है।

पुलिस वाले बगल के खाली वाले जमीन में कुर्सियों पर बैठे हैं।

बीच कुर्सी पर दरोगा बैठा है।

पुलिस वाले पहले मुझे अपने पास बुलाये .... आप लड़की के भाई हो?

...............जी, जैसे आवाज निकलना बन्द हो गया है।

–आपके साथ आपकी माँ हैं? पुलिस वाले ने पूछा।

दरोगा बोला :– आइये मेरे साथ।

जिस घर में मैं अपनी बहन का तिलक ले कर आया था उसी घर में प्रवेश करने पर कितना भय लग रहा है।

चैनेल गेट खोला जा रहा है।

बरामदे से सब लोग सामने वाले कमरे में पहुँचे। दो दरवाजे हैं इसमें एक अन्दर की तरफ खुलता है एक बाहर की तरफ। अन्दर वाले दरवाजे पर किरन गिरी पड़ी है। जली हुई किरन

लेटी हुई है

माँ–बुआ सब लोग रोने लगे।

एक पुलिस वाला बोल रहा है........... रात में दो बजे पति—पत्नी में टी0वी0 देखने को लेकर कुछ विवाद हो गया। इसी विवाद पर ये अपने ऊपर तेल छिड़क कर आग लगा ली। इनको बचाने में इनका पति भी कुछ जल गया है। वो हॉस्पिटल में है।

राजू की माँ 'जो पता नहीं किधर थी' इसी बीच सामने आकर सिर पर हाथ रखकर चिल्ला कर रोने लगी .... काहे तेलवा छिड़क कर जल गयी हो किरन। आइ हो किरन।

पर न आंखो में आँसू थे, न आवाज में दर्द सब कुछ बनावटी थी जैसे रटा रहा हो।

साहब बाबा जो पुलिस में (DYSP) पद से सेवा निवृत्त हुये थे, इस सामने चल रहे नाटक से गुस्सा गये।..........

'चुप रहो' डॉट कर बोले— 'मुझे सब दिख रहा है कि क्या हुआ है यहाँ पर रात में। मैंने पुलिस में ऐसे कितने केस देखे हैं'।

ये बच्ची अपने से जली है ?

झूठ बोल रही हो तुम। तुम लोगों ने इसे मार कर रात में फिर तेल छिड़कर जलने का नाटक की हो। जो जलने लगता है तो मारे जलन के इधर—उधर चिल्लाते हुए दौड़ने लगता है। यहाँ पर इतने छोटे—छोटे सारे मकान हैं। यहाँ के सभी लोग कह रहे हैं कि हमें सुबह पता चला।

जो जलने लगता है उस आग के जलने के कारण अपने पड़े सामने किसी भी चीज को पकड़ लेना चाहता है और यहाँ इस घर में कुछ जलने का चिन्ह ही नहीं है जैसे यह बच्ची अपने को आग लगाकर यहाँ चुपचाप लेट गयी हो, यही तुम लोगों के कहने का मतलब है

और

जली यह बच्ची है

और

अस्पताल में जाकर इसका आदमी भर्ती हो गया है ।

किसी ने इसको ड़ाक्टर से दिखाने की, अस्पताल ले जाने की जरूरत ही नहीं समझी।

तुम लोग यही समझाना चाहते हो न!

अब पुलिस वाले थोड़ा आगा—पीछे हुए। आपस में काना फूसी किये। दरोगा ने किसी को फोन लगाया।

थोड़ी ही देर में उत्तर प्रदेश पुलिस का एक सी0ओ0 रैक का अधिकारी उपस्थित हुआ।

मुँह में पान भरा हुआ था, थोड़ा स्थूल काय था।

सामने पाण्ड़े नाम का टैग लगा हुआ था। पान चबाते--चबाते राजू की माँ को भद्दी--भद्दी गाली देने लगा फिर थोड़ी देर बाद मेरी तरफ मुड़ाः

—मुझे मालूम है इन्हीं सब सालो ने इस लड़की को पहले मारकर फिर जला दिया है। अब यह सब नाटक कर रहे हैं।

आप लोग मेरे साथ थाने चलिये। पहले पोस्टमार्टम हो जाय, फिर रिपोर्ट लेकर इन सब सालो को बेत लगाकर जेल भेज देता हूँ।

पांडेयजी की बातों ने मेरे ऊपर जादू करके मुझे भ्रम में डाल दिया। पहले ही कुछ नहीं समझ में आ रहा था। जिन्दा बहन को मरा हुआ देख कर शरीर मन सब कॉप रहा था।

ऐसा महसूस हुआ उनकी बातों में थोड़ी देर के लिये कि वह हमारे दुःख दर्द को समझने वाले कोई अपने हैं पर वह पूरा भ्रम था। पाण्डेय जी तो हम लोगों के आने से पहले ही 50–60 हजार रूपया ले चुके थे। इन सबको बचाने के लिए।

बहन ने जो बचपन में पढ़ा था, आज वो सच हो रहा है।

किरन तो आज मरी है पर पाण्डेयजी बहुत पहले मर चुके थे लाशों का सौदा करते करते।

किरन तो निर्जीव हो गयी जीवन न होने के कारण पर पाण्डेय जी जैसे कुछ पुलिस वाले निर्जीव हो गये हैं पैसा गिनते--गिनते।

अब इन्हें उचित अनुचित कुछ समझ में नहीं आता। सही गलत कुछ दिखाई नहीं देता।

जिन्दा लाश हैं ऐसे भ्रष्ट पुलिस वाले, इनमें से सड़न की दुर्गन्ध आती है। इनको महकता भी नहीं है, महसूस भी नहीं होता पर महसूस कैसे होगा,

महसूस करने के लिए तो जीवन चाहिए जो इनके पास है ही नहीं। किरन जिस पुलिस बल में तू जाने की सोच रही थी, आज वही पुलिस सच्चाई का पता लगाना छोड़कर, पैसे के कारण बन्दर की तरह नाच रही है।

इधर हम लोग पाण्डेय जी के साथ पुलिस चौकी पहुँचे। उधर पुलिस मृत्त शरीर को जल्दी–जल्दी सील बन्द करके पोस्टमार्टम हाऊस के लिए रवाना कर दिया। पाण्डेय हम लोगों को रोकर किसी दूसरे काम करने का बहाना करके निकल गया। फिर 1 घंटे बाद

आया और हम लोगों से कहा कि आप लोग बी0एच0यू0 पोस्टमार्टम हाऊस चले जाइये। आप लोग पोस्टमार्टम रिपोर्ट लेकर आइये, उसके बाद में आप लोगों का मन होगा तो केस दर्ज करके आगे की करवाई करता हूँ।

आप लोगों का मन होगा तो .... अब हमें सब समझ आया।

पाण्डे जी ने अपना काम कर दिया। पहले तो पुलिस हमें समझाने की कोशिश की कि लड़की अपने जल गयी है पर जब देखा कि उनकी यह कहानी हमारे गले नहीं उतर रही और हमलोग किरन को लेकर कहीं गाजीपुर न चले जाय तो उन्होंने दूसरा खेल खेल दिया। हमारी तरफ होकर, हमारी तरफ से दो शब्द सहानुभूति के बोलकर जल्दी से जल्द किरन के अन्तिम संस्कार की लिए हमें भेज दिया।

अध्याय—74

बनारस हिन्दु विश्वविद्यालय में किरन का पोस्टमार्टम हुआ। उसी बनारस हिन्दु विश्वविद्यालय में जहाँ उसने एक बार पढ़ने का गलती से सपना देख लिया था पर वह बेचारी तो यह नहीं जानती थी यहाँ पढ़ना बड़े भाग्य से होता है और उसके

भाग्य में

तो ....

पोस्टमार्टम कराके, मैं किरन को लेकर बनारस के प्रसिद्ध हरिश्चन्द्र घाट पर, उस शमशान घाट पर जो प्रसिद्ध हो गया भारत के एक उस राजा के कारण जिसने जीवन में कभी झूठ ही नहीं बोला था, जो पूरे जीवन सत्य के मार्ग पर चलता रहा।

उस सत्य के कारण उसके जीवन में अपार कष्ट आया। पत्नी—बच्चा सब बिछड़ गये पर वह सत्य के मार्ग से वह कभी विचलित नहीं हुआ।

उस शमशान घाट पर मैं अपनी बहन को लेकर आया हूँ पर जिंदा नहीं, मरी हुयी।

काश किरन थोड़ा झूठ बोलना जानती!

काश वह थोड़ा छल—कपट जानती!

उसके लिए लाल रंग की साड़ी खरीदा हूँ चूँकि वह सुहागन मरी है न, हाँ सुहागन!

सुहाग, उसके माँग में सिंदुर दिया गया। सिंदुर किसका प्रतीकः सुहाग का, अपने पति का, राजू का।

सामने पुण्य सलीला पतित पाविनी माँ गंगा बह रही हैं।

मेरी बहन को नाव पर रखा जा रहा है।

माँ, माँ गंगा,

मेरी बहन को मैं तुम्हें अर्पित करता हूँ।

माँ, अपने शीतल जल में इसे शीतल कर दो माँ।

माँ, बहुत जली है मेरी यह बहन माँ, संसार की ज्वाला में।

गंगा माँ,

किरन तो अपने शादी के कार्ड अनुसार अमर प्रेम की ज्योति जलाने चली थी लेकिन गंगा माँ

ज्योति ऐसी जली, जड़ ज्योति जिसने इसके तन को ही, शरीर को ही जला दिया, राख कर दिया।

माँ, माँ गंगा अपनी बहन को मैं तुम्हे अर्पित करता हूँ।

माँ अपने शीतल जल में इसे शीतल कर दो माँ।

माँ इसकी जलन कम कर दो

लखनऊ से मधु बुआ आ पहुँची हैं, रो रही हैं, विदा करने से पूर्व अंतिम विदा से पहले, किरन का चेहरा देखने की जिद कर रही हैं। उनको दिखा कर बीच गंगाजी की धारा में किरन को प्रवाहित कर दिया गया।

अध्याय–75

दो दिन बीत गये। ह्रदय में बहुत खालीपन, सूनापन लग रहा है, उदास–उदास सा।

मैं अपनी बहन का अन्तिम संस्कार भी नहीं कर सकता। इसका अधिकार ही नहीं है हमें।

शादी के बाद अन्तिम संस्कार का अधिकार उसके पति एवं उसके ससुराल के चला जाता है।

ह्रदय में, मन में कभी–कभी विश्वास ही नहीं होता कि किरन मर गयी है, जीवन से, उत्साह से, प्रेम से भरी बहन मर गयी है। कभी किसी की शिकायत नहीं करने वाली किरन बहुत दूर चली गयी है, इतनी की कभी वापस नहीं आ सकती।

अब हम कभी उसकी मिठी आवाज नहीं सुन सकते–भैया, भैया, भैया।

अब मैं कभी उसे चिढ़ा नही पाऊँगा।

क्या करूँ? कुछ समझ नहीं आ रहा।

कुछ भी अच्छा नहीं लग रहा।

चलो बनारस उसके घर चलता हूँ।

अध्याय–76

बनारस उसके घर आया हूँ। घर पूरा सूना है। राजू अभी अस्पताल में ही है गिरफ्तारी से बचने के लिये।

इसी घर में एक दिन मैं अपनी बहन का तिलक ले कर आया था। इसी घर में मेरी बहन दुल्हन बनकर आयी थी पर आज पूरा घर मनहूस लग रहा है। सब चीजों को एक–एक करके देख रहा हूँ– पलंग को, आलमारी को, कुछ किताबों को। एक कापी हाथ में आयी।

किरन ने उस पर छोटी–छोटी कवितायें लिख रखी थी। अपने बचपन की स्मृतियों से भरी हुयी।

कितनी मीठी लग रही है कवितायें।

उसी कॉपी में एक पत्र भी मिला गाजीपुर से आया हुआ। मैं उसे–देखने लगा............. अरे यह तो आशा का पत्र है मरने से एक दिन पहले आया हुआ। मैं उसे पढ़ने लगा..............

प्रिय सखी किरन जी,

नमस्ते।

तुम तो मुझे भूल ही गयी सखी। शायद तुम्हें याद भी न हो– यह आशा कौन? मेरी प्रिय सहेली तुम्हारी खुशियों को नजर न लगे पर सखी इस दुखी सहेली को भी कभी–कभी याद कर लिया करो। बनारस जाकर एकदम भूल गयी हो, जीजा जी के साथ में। कभी–कभी ईर्ष्या होती है और कभी–कभी मन को तसल्ली मिलती है कि चलो मेरी सहेली खुश तो है वरना मुझे तो सारी रिश्ते फरेबी लगने लगे हैं। सखी अब जीवन भार लगने लगा है।

तुम तो सब जानती ही हो। तुमसे क्या छिपाना। जब तुम लोगों से मिली थी तभी से यहाँ ससुराल में ही हूँ। शुरू से ही ताना मिलने लगा था पैसों के कारण सॉसू माँ से सोचा था धीरे–धीरे सब कुछ ठीक हो जायेगा।

पर कुछ दिन बाद में इनका व्यवहार भी बदल गया। ये मुझे गाली देने लगे मारने भी लगे। कहते हैं कि तु फेकी हुयी थी। मैंने तुझे उठा लाया। तेरे बाप का भार अपने सर पर ले लिया। तेरा बाप तो सोचता होगा कि चलो मेरे सिर से बला टली।

सखी बड़ा दुःख होता है, मन, तन में आग लग जाती है।

जब यह मेरे पिता को गाली देते हैं।

अपने बारे में तो सह लूँ पर पिताजी के बारे में कैसे सुनूँ वह तो...........एकदम गौ हैं–

कैसे इन्हें बताऊँ मेरे पिता की कोई गलती नहीं। वह तो मैंने ही तो उन्हें मना कर दिया था।

और अगर उनके पास पैसा होता कबका इनके दरवाजे पर पैसा फैक जाते। और अभी वह एकदम सखी, निसहाय हैं, तू तो जानती ही है, तुझसे क्या छिपा। लगता था समय के साथ सब ठीक हो जायेगा पर सखी अब लग रहा है यहाँ अब कुछ भी ठीक नहीं होगा।

राक्षस हैं ये सब, पशु हैं ये सब।

शब्द कठोर है सखी पर क्या करूँ जिसके पास मानवीय संवेदना नहीं है, जो दहेज के पैसो के लिए मुझे दिन रात मारता है, गन्दी–गन्दी गालियाँ देता है, मुझे, मेरे पिता को और माँ को।

हाँ, मेरी माँ को भी। उसे क्या कहूँ?

सखी बोल न, जानती हूँ मेरा पति है। मैं उसे पूजती हूँ। उसकी सब सुनती हूँ पर जब वह मेरे पिता–माँ को गाली देते हैं, तब सहन नहीं होता।

दिल, अपनी विवशता पर, किस्मत पर रोने लगता है। जरूर पिछले जन्म में कुछ गलत कर्म की हूँ। तु भी यह पढ़कर सोच रही होगी, क्या तुझे यह सब सुनाने लगी। तेरे खुशी मन में कुछ उदासी के बात डालने लगी पर सखी तु ही बता–

यह सब मैं किसे सुनाऊ, सुनाने से दिल कुछ हल्का लगता है और सहेली होने के नाते मेरा कुछ तो अधिकार बनता ही है इसलिये मुझे मॉफ करना।

और कब तु इधर आ रही है? जीजा जी को लेकर मेरे यहाँ भी एक बार आना।

मुझे बहुत अच्छा लगेगा। तुम लोगों को देखकर शायद इन पर भी कुछ प्रभाव पड़े।

शायद ये बदल जाय।

तुम्हारी आशा।

पत्र पढ़ा और मन कहाँ, कहीं खो गया ????

अध्याय–77

हम लोग कई दिन से दौड़–दौड़ कर बनारस आ रहे हैं भेलुपुर थाने में।

पाण्डे जी सी0ओ0 साहब, कभी किसी केस में कहीं चले जाते हैं कभी दूसरे केस में। प्रतिदिन कोई न कोई बहाना तैयार रहता है।

आज साहब बाबा हम लोगों के साथ सुबह–सुबह ही भेलुपुर थाने में आ गये।

पाण्डे जी 11 बजे आफिस आये– मुँह में पान भरा हुआ था। अपनी कुर्सी पर बैठकर पूछे रहे हैं .... बताये जी, क्या बात है?

साला ऐसे पूँछ रहा है जैसे इससे भीख माँगने आयें हैं मन में कुछ गुस्सा आया पर मन संयत करके बोला........ जी वही अपनी बहन के बारे में ....

पाण्डेय जी मुँह बनाकर बोले–.......... अच्छा, वह डी0एल0डब्लू के पास वाली घटना, मेरे तो दिमाग से ही उतर गया। क्या बात है न, बेटा ऐसे केस बनारस जिले मे प्रतिदिन होता है।

मन में इतना गुस्सा आया साले के पास रोज–रोज दौडकर आ रहे हैं और यह बोल रहा है कि भूल गया था। साला यह नहीं बोल रहा है, जो पैसा खाया है वही पैसा बोल रहा है।

फिर मन को संयत करके पूछा............. 'जी उसमें कुछ पता चला कैसे किरन.......'

पाण्डेय कुछ चिढ़ सा गया और मेरी बात काटकर के बोला .... 'मुझे क्या फालतू समझ रखा है। 10 काम रहता है हम लोगों के पास और हर काम में समय लगता है, सच्चाई पता कर रहा है मेरा दरोगा।'

अब साहब बाबा, जो अब तक चुप थे गुस्से में फट पड़े :– 'पाण्डेय जी क्या सच्चाई पता कर रहे हैं आप? क्या वो लड़की मरी थी या नहीं ये पता कर हैं। भयंकर अग्नि की लपटों में वह बच्ची ऐसे जली कि रात में अगल–बगल किसी पड़ोसी को चीख तक नहीं सुनाई दी और आप सच्चाई पता कर रहे हैं? कौन सी सच्चाई पता कर रहे हैं? आप बताइये? हम लोग 100 किमी0 रोज–रोज दौड़े आ रहे हैं सिर्फ यह पता करने कैसे और क्यों उसने हमारी लड़की को जला दिया?

कैसे वह राक्षस ने इतना निर्दय बन गया कि बनारस जैसे शहर में उसे जलते हुए मरने दिया। किसी डाक्टर को भी नहीं दिखाया। झूठे ही सही, उसके शरीर को डाक्टर को दिखा दिया होता। पोस्टमार्टम रिपोर्ट में आया है कि लड़की को 24 घंटे पूर्व से उसके पेट में एक दाना नहीं पड़ा था। कितना सतायी गयी थी वो! 24 घण्टे पूर्व से ही कितनी भयानक, भयावह परिस्थितियाँ का निर्माण कर दिया था उस राक्षस ने।

और आप पाण्डेय जी पता नहीं कैसी सच्चाई का पता कर रहें हैं। सच्चाई यह है कि आप बिक गये है, यह मैं जान गया हूँ पर आपके ऊपर भी कोई है शायद आप यह भूल गये है और मैने भी पुलिस की नौकरी की है और वो भी उस रैंक की जिस पर आप इस समय हैं पर पुरे पुलिस डिपार्टमेन्ट में आप जैसा गिरा आदमी नहीं देखा।

हम लोग कचहरी में आई०जी० साहब के पास आयें हैं। आई०जी० साहब ने पाण्डेय को फोन लगाया। पाण्डेय की तो बोलती ही बन्द हो गयी। उसे लाइन हाजिर कर दिया गया। पुलिस ने राजू को गिरपतार कर लिया।

अध्याय—78

दिन बीतने लगा। मुकदम्मा भी चलने लगा। तारीख पर तारीख, Date पर Date। मुकदमा समय के साथ आगे बढ़ने लगा। पिताजी, ललित मौसा जी, हर तारीख पर बनारस कचहरी में उपस्थित हो जाते। थोड़ी सुनवाई के के बाद अगली तारीख पड़ जाती।

घर पर समाज के कुछ बृद्ध आये हैं। कुछ रिश्तेदार भी हैं। पिता जी को समझा रहे हैं देखो सुजीत ये कोर्ट कचहरी, मुकदम्मा, उकदमा बड़ा खराब चीज होता है और बात बढ़ाने से

अपने ही को दुःख होता है और जो चला गया वो तो आयेगा नहीं और जो जैसा करेगा वो वैसा फल भगवान द्वारा पायेगा। इसलिए आप छोड़िये इस मुकदम्मे उकदमें का चक्कर, उसे तो भगवान खुद सजा देंगे।

हे प्रभु! क्या बता रहे हैं हमें ये सब बूढ़े। यह सच है कि जो चला जाता है वो फिर कभी वापस नहीं आता पर कुछ तो कर्त्तव्य बनता है उसके प्रति जो हमें छोड़ कर चला गया।

यह एक कितना भयानक सच है। वह जीवन, वो प्राण, वो स्पन्दन हमेशा–हमेशा के लिए चला जाता है। अब हम कभी उससे बात नहीं कर सकते। अपने सुख–दुख, उसका सुख–दुख, रूठना–मनाना कुछ भी साझा नहीं कर सकते। वो अद्भूत जीवन चला गया हमें छोड़कर हमेशा–हमेशा के लिए क्योंकि किसी ने उसे मार दिया और ये लोग कह रहे है कुछ मत करो क्योंकि जो चला गया वो अब आयेगा नहीं। धन्य

दूसरी बात क्या कह रहे है जो गलत करेगा उसकी सजा भगवान देंगे। कितनी सच बात है तथा कितनी ऊँची बात है यह भगवान पर निर्भर रहना।

पर क्या सच में हम भगवान पर निर्भर रहते हैं हर समय?

या यह कहीं हमारी अकर्मण्यता तो नही? कहीं यह ऐसा तो नहीं जैसे सड़े हुए शरीर के अंग को सुन्दर कपड़ों से ढक देना।

हाँ, यही तो है वह। जब हमारे स्वार्थ की बात आती है, जब हमारे फायदे, लाभ की बात आती है।

तब हम भगवान जी पर निर्भर नहीं रहते। तब हम खुद चतुर बन जाते हैं और जब संघर्ष की बात आ जाती है, कुछ तपस्या की बात आती है, तब हम सारा भार भगवान पर डाल देते हैं जिससे हमें अब कुछ करना न पड़े, हिलना न पड़े।

और ये बूढ़े लोग मेरे पिता को समझा रहे हैं जीवन तो आगे बढ़ता ही जाता है। लेकिन बात पकड़ने, घटना पकड़ने से वह बोझिल हो जाता है इसलिये सब भूलकर आगे बढ़ने में ही भलाई है।

क्या बात समझा रहे हैं मेरे पिता जी को, ये समाज के पथ–प्रदर्शक लोग हैं, जीवन को देखे हुये अनुभव किये लोग हैं।

क्या हमारे शरीर में जब कोई रोग हो जाता है तो हम उसे भूलकर क्या आगे बढ़ते रहते है? क्या कहीं सड़न हो जाता है तो हम उसका उपचार नहीं कराते? तब फिर जब समाज में यह जो रोग है,

जो हमारी बहनों को खाये जा रहा है

तब हम उसका स्थायी उपचार क्यों नहीं कर रहे हैं??????

अध्याय—79

कुछ तारीखे, कुछ Date उस मुकदम्मे की बीतने के बाद पिता जी को भी उन बूढ़े लोगों की बात समझ में आने लगी। वास्तव में उनको दिक्कत हो रही थी। 100 किमी इस बस में, उस बस में लटकर जाना फिर भीड़ भरे कचहरी में आटो रिक्शा से पहुँचना और इतनी यात्रा का परिणाम होता— अगली तारीख।

और फिर पिता जी को रास्ते में यदि कोई कहीं पूँछ लेता परिचित या अपरिचित तो उसे बताने में कितनी शर्म आती कि जिस दामाद का हमने पैर पूजा था उसी ने मेरी बेटी को जलाकर मार दिया या जलने को मजबूर कर दिया।

पिता जी थकने लगे थे इन यात्राओं से, इन प्रश्नों से और एक दिन, एक दिन पिता जी ने मुकदम्मा उठा लिया।

अध्याय–80

पिता जी ने मुकदमा उठा लिया। हमारे घर से वो समस्या जिससे हमें जूझना चाहिए था, जिससे हमें लड़ना चाहिये था, जिसने किरन को जिन्दा जला दिया, समाप्त हो गयी।

नहीं–नहीं वो समस्या समाप्त नहीं हुयी, बजाय उससे भिड़ने के, हम ही उससे भाग खड़े हुये।

समय आगे बढ़ने लगा। सब लोग अपने–अपने दैनिक कार्य, रोजी–रोटी के कार्यों में व्यस्त होने लगे।

जीवन पुराने ढर्रे पर वापस आ गया। तभी गाँव में एक दिन खबर आयी– आशा की स्टोव

फटकर जलने से मृत्यु हो गयी।

फिर से वही कहानी, बाप, भाई रोते–रोते गये। फिर सब देख सुनकर वापस आ गये। बेरोजगार एवं गरीब भाई ने पुलिस में केस भी नहीं किया।

क्या होगा केस करके, अपना पैसा ही नुकसान होगा।

बाप–भाई ने मन में संतोष कर लिया उसके किये का सजा भगवान देंगे।

और पुलिस भी खुश हो गयी जब केस ही नहीं दर्ज है तो क्यों हाथ–पैर हिलाना?

क्यों और कैसे मार दिया, क्यों पता करना?

और हमारे समाज ने भी वही शिक्षा दी, वही संतावना जो जैसा करेगा उसका फल उसे मिलेगा। इसलिये शान्त हो जाओ।

फिर से हमने वो जड़ता वाली,

अकर्मण्यता वाली चादर ओढ़ ली, जिसके अन्दर बदबू थी, सडन थी, न कुछ करने की, आलस की, अपने स्वार्थ की।

लेकिन ऊपर मृगमरिचिका फैली थी सब कुछ ठीक होने की समाज में

पर झूठी, हॉं, एकदम झूठी।

अध्याय–81

समय फिर से आगे बढ़ने लगा और वो रूकता ही कहाँ है, सब और शान्ति नजर आने लगी, झूठी शान्ति, दिन और तरीखें बदल रहें हैं, साथ ही दैनिक जागरण, अमर उजाला, हिन्दुस्तान अखबार के पेंज पर छपने वाली घटनाएँ भी– **मरदह थाना के दग्रहा गाँव में विवाहिता मंजू चौहान ने शुक्रवार सुबह घरेलू कलह से परेशान होकर खाया जहर, गई जान ।**

दैनिक जागरण केवटिया सन्दुक में मिली विवाहिता की लाश।

भाई प्रदीप के बहन के गुमशुदा होने की सूचना पर पुलिस ने छापा मारा तथा विवाहिता कंचन की लाश सन्दुक में रजाई के बीच पाई थानाध्यक्ष डी0पी0 सिंह का कहना है: शायद हत्या दो दिन पूर्व की गई थी तथा ससुराल वाले शव को ठिकाने लगाने की फिराक में थे।

आज फिर छपा है ...... **पंखे से लटकता मिला विवाहिता का शव।**

दाऊदपुर में विवाहिता सुनीता ने फाँसी लगायी मायके वालों ने हत्या का आरोप लगाया तथा दहेज हत्या में तहरीर दी। बड़ी विडम्बना है कभी जिन घरों में झूले पड़ते थे, जिन पर बहन–बिटियाँ उत्साह–उमंग लिए पीगें भरती थी उन्हीं घरों में घरेलू हिंसा का दानव बहनों को फॉसी पर लटका दे रहा है या लटकने पर मजबूर कर दे रहा है।

दिन बीत रहे हैं, **आज फिर छपा है– घरेलू कलह की बलि चढ़ी दो जिन्दगियाँ– हिन्दुस्तान अखबार।**

नारोतारपुर में गाँव बच्ची के साथ माँ ने पिया कीटनाशक, इलाज के बाद बच गयी बच्ची काजल 3, सदमें में पिता ने लगायी फाँसी, गाँव वालों के अनुसार सत्रुधन पटेल को शराब और जुआ खेलने की लत थी जिसकी वजह से घर में पत्नी रीता से आए दिन झगड़ा होता था शायद रीता अपने तीन छोटी बच्चियों के भविष्य को लेकर परेशान रहती होगी। आज घरेलू कलह ने रीता की जान तो ली ही शराब और जुए ने सत्रुधन को भी काल के गाल में डाल दिया। इस खबर के साथ उसकी मासूम बच्चियों का फोटो अखबार में छपा है एक पेड़ को पकड़ कर खड़ी है।

दूसरी बैठी है माता–पिता की लाश सामने है भीड़ भी है, उनकी सूनी आँखों के प्रश्न को, उनके दुःख को कलम व्यक्त करने में अब असमर्थ है।

कुछ दिन बाद आज छपा है–

मानिकपुर गाँव में पोखरे में मिली विवाहिता की लाश।

फिर अगले दिन छपा है **मगनापुर गाँव में पंचायत के अगले दिन विवाहिता की हत्या–** मगनापुर गाँव सुषमा की शादी वहाँ के अनिल से हुई थी सुषमा के घर वालों ने नगदी समेत कॉफी सामान दिया शादी के कुछ दिन तक सब ठीक रहा फिर शुरू हुआ लालच का विभत्स रूप ससुराल वाले और धन लाने का दबाव बनाने लगे बेचारी सुषमा पर । मामला बढ़ते–बढ़ते मारपीट पर जा पहुँचा। सुषमा के भाई और पिता ने मगनापुर आकर पंचायत करायी गाँव के सम्मानित लोगों को बुलाकर। पिता को आशा थी शायद गाँव के सम्मानित व्यक्तियों के कहने से अनील और उसके पिता रविन्द्र का व्यवहार बदल जाये। पंचायत के बाद गाँव वालों के कहने से पिता–पुत्र घर लौट गए बेटी को संतोष देकर।

सुषमा का मन था कुछ दिन मायके हों आऊ, पर नहीं गयी क्योंकि अभी जाती तो कितनी बदनामी होती, पापा की इसलिए नहीं गयी । लेकिन अब वो कभी नहीं जा पायेगी क्योंकि आज छपा है **मगनापुर गाँव में पंचायत के अगले दिन विवाहिता की हत्या पुलिस हत्या और आत्मा हत्या में झलती रही।**

कुछ दिन फिर छपा है **नाग्दिलपुर गाँव में सोमवार को गृह कलह से उब कर विवाहिता बबीता ने फाँसी लगायी।**

फिर बुधवार को वही न्यूज छपा– पोस्टमार्टम रिपोर्ट से हआ खुलासा– बबिता ने फाँसी नहीं लगायी थी बल्कि उसकी गला घोटकर हत्या हुई थी। पोस्टमार्टम रिपोर्ट में बबिता के शरीर पर अंदुरूनी चोट के निशान मिले।

आज दैनिक जागरण में छपा है– **गगघा थाना के गाँव में विवाहिता ने गुरूवार को तीन बेटियों को जहर देकर आत्महत्या की।** लगातार तीन बेटियाँ पैदा होने पर सास एवं पति द्वारा ताना मारने और पति की इस मुदे पर दूसरी शादी करने की धमकी से छुब्ध होकर उसने यह कदम उठाया। घटना की सूचना पर पुलिस मौंके पर पहुँची। कमरे में विवाहिता की लाश फाँसी पर लटकती मिली जबकि उसकी तीन बच्चियों पायल, अनुष्का व पारूल का लाश बेड पर चादर में लपटी दिखी, बेड पर सुसाइट नोट मिला जिसके आधार पर पुलिस ने पति को गिरफ्तार कर लिया।

चार–चार लाश, उसमें भी तीन छोटी–छोटी बच्चियाँ!

माँ की ऐसी कौन सी मजबूरी रही जो उसने ऐसा कदम उठाया, जिनको 9—9 माह गर्भ में रखा,   जिनको जन्म दिया, उन्हीं को जहर दे दिया।

जो बच्चियाँ कहीं भी, कभी भी थोड़ा सा खतरा महसूस होने पर मम्मी—मम्मी करके गोंद में दुबक जाती थी। उन्हीं को खुद मृत्यु के मुँह में डाल दिया।

आह!   अब नहीं।

घरेलू हिंसा की यही त्रासदी है उसका कोई एक निश्चित रूप नहीं है।

पर कहानी वही रहती है, वही कहानी, फिर से वही कहानी थोड़ी सी हेर—फेर और वही कहानी बस पात्र बदल जाते हैं, मारने मरने का तरीका बदल जाता है,

स्थान बदल जाता है,

और ये सिलसिला चलता रहता है

पता नहीं कब से चला आ रहा है

और पता नहीं कब खत्म होगा

इस प्रथा की बलिबेदी पर हमारी बहनें कब तक चढ़ती रहेगी कोई नहीं बताता

कोई इस समस्या से जुझना ही नहीं चाहता।

अध्याय– 82

हमारी बहनें और बच्चियाँ जो समाज की नई उम्मीदें हैं। अभी जिन्होने जीवन को जाना ही नहीं, देखा भी नहीं, अभी–अभी जो स्कूलों से पढ़कर निकली है समाज की महान् सभ्यता के के बारे में, मानव जीवन के गरिमा के बारे में।

अभी–अभी उन्होंने उस पर गर्व करना शुरू किया है कि हम महान विरासत, के अंग हैं, उन, महान नारियों के अंकुर, संस्कार उन बच्चियों के भी ह्रदय में छिपा है जो शायद समय आने पर विकसित होता, खुशबु देता हमारे समाज में, उससे पहले ही हमने उसे जलाकर मार डाला, बड़ी निर्दयता पूर्वक, बाल घसीटे के भयंकर अग्नि की लपटों मे झोक डाला।

और उसका कारण क्या?

निदान क्या?

किससे पूछा जाय?

सब कहते हैं यह बहुत गलत है। बहुत ही गलत है। लेकिन उसके आगे जब प्रश्न होता है कि कैसे इसे मिटाया जाय हमारे समाज से सब चुप हैं।

हम कैसे इसे मिटा सकते हैं। हम अकेले क्या कर सकते हैं, हमें ड्यूटी, सर्विस भी तो करनी है और सच में सब लोग व्यस्त हैं। कोई आफीस में, कोई स्कूल में, कोई दुकान पर, कोई कम्पनी में, कुछ लोग कहते हैं देखिये इसे मिटाने की जिम्मेदारी सरकार की है। सच कहते हैं लोग इसे मिटाने की जिम्मेदारी सरकार की है और सरकार ने भी कितने सारे अधिनियम बना रखे हैं इस बुरी प्रथा को मिटाने के लिए माँ–बहनों की सुरक्षा के लिए, नारी सशक्तीकरण के लिए– आर्थिक और सामाजिक दोनों रूप से, महिलाओं के विरूद्ध हिंसा रोकने के लिए चाहे वह किसी भी रूप में हो पर सरकार की भी एक सीमा है। वह हमारे घरों की चहार दिवारी के अन्दर तो नहीं झाँक सकती।

फिर क्या उपाय है।

अध्याय–83

उधर घटनायें लगातार छप रही हैं ....

बाइक नहीं मिली तो विवाहिता प्रिती सिंह को फाँसी पर लटकाया--महराजगंज, जौनपुर

अगले दिन फिर शान्ति हो जाती फिर उसके अगले दिन फिर विवाहिता को जहर देकर मार दिया, फिर शान्ति फिर खबर बासडीह में विवाहिता को जलाकर मार डाला।

फिर शादियाबाद के कस्बादयालपुर में जलकर मरी विवाहिता सुमन कभी–कभी एक ही दिन दो--दो न्यूज पहला-- बाइक नहीं मिलने पर विवाहिता प्रीति को फाँसी पर लटकाया--रस्किपुर गाँव में दूसरा–नूरपुर गाँव में दहेज के कारण जहर देकर हत्या, फिर छपता भुद्कादा में दहेज लोभियों ने विवाहिता प्रतिभा को जलाकर मार डाला।

कभी--कभी छपता-- तेलिआबाग में विवाहिता सुषमा की संदिग्ध मौत-- पिता ने कहा सुसाइट नोट फर्जी।

विवाहिता झुलसी, जिला अस्पताल में भर्ती विवाहिता रेशमा का पुलिस ने लिया बयान--हिन्दुस्तान पेपर।

फाँसी लगाकर विवाहिता ने की खुदकुशी-- आज पेपर।

दहेज को लेकर विवाहिता खातून को मार डाला-- दैनिक जागरण।

नई नवेली पत्नी का गला घोटा-- अमर उजाला।

सोनाडी में विवाहिता लापता, मायका वालों ने दी तहसीर-- दैनिक जागरण।

विवाहिता ममता ने पंखे में साड़ी का फंदा बना दे दी जान-- दैनिक जागरण।

फिर छपा है– अतोरिलिया के पदेरा गाँव में विवाहिता साधना को जलाया, झुलसी साधना इस समय अस्पतला में उपचारार्धीन।

फिर छपा है– दुपट्टे के सहारे लटकती मिली मुन्नी की लाश।

फिर छपा है– दहेज के लिए विवाहिता की हत्या का प्रयास।

फिर छपा है– कठवामोड़ में दहेज के लिए विवाहिता की हत्या, पहले गला दबाया फिर शव को जलने का रूप दिया।

अब और लिखेन का मन नहीं कर रहा, कलम थक जा रही है, मन थक जा रहा है।

पर मौत नहीं, घटनाएँ नहीं।

पिछले 15 दिन से लगातार छप रहा है

दैनिक जागरण 23 को छपा है गाँव भोजपुर में संदिग्ध हालात में विवाहिता सुनीता की मौत।

दैनिक जागरण 28 को छपा है अलग–अलग स्थानों पर दो विवाहिताओं की मौत दोनों में दहेज हत्या का आरोप– बैरख गाँव में रीता की झुलसकर तथा सैदपुर में भोर में विवाहिता फंदे पर लटकती मिली।

दैनिक जागरण 1 को गाँव उसिया में संदिग्ध परिस्थितियों में झुलसी विवाहिता पिंकी की मौत, मोटर साईकिल के लिए दहेज हत्या का आरोप।

दैनिक जागरण 4 को छपा है मनिहारी में फंदे पर झुली विवाहिता रानी

दैनिक जागरण 5 को छपा है असांव में मैके में विवाहिता नीतू ने किया आत्महत्या, पुलिस को निरीक्षण में सुसाइट नोट मिला– लिखा था ससुराल वाले इसे दहेज के लिए छोड़ दिये हैं अब उसे कभी नहीं ले जायेगे। ऐसी स्थिति में ....

बेचारी .... इतना बड़ा संसार, कैसे जीवन बीतेगा अकेले! कोई रास्ता सुझी नहीं रहा था और शेष जीवन अपने गरीब माता–पिता पर भार नहीं बनना चाहती थी अतः मौत का विकल्प, दुनियाँ झोड़ देने का विकल्प सबसे सरल विकल्प सुझा।

दैनिक जागरण 12 को छपा है शराब के लिए पत्नी को मार डाला

खुटहन गाँव निवासी कुद्दन इस तरह शराब की लत में जकड़ा कि वह घर का समान, बर्तन आदि सब कुछ बेचकर शराब पी लिया। आज घर में बचे 5 किलो चावल भी बेचने जा रहा था जिसका पत्नी शीला द्वारा विरोध करने पर पति कुद्दन ने उसके ऊपर फावड़ा चला दिया जिससे उसकी मौत हो गयी।

सब कुछ तो बेच दिया पति ने, बच्चों का भविष्य अंधकारमय हो गया केवल इस शराब के नशे के कारण।

सब कुछ सही वो लेकिन जब आज पति घर का थोड़ा बचा अनाज भी बेचने लगा तो वह रास्ता रोक खड़ी हो गयी। आखिर एक माँ अपने चार छोटे बच्चों को भूखा रहते कैसे देख सकती थी!

दैनिक जागरण 14 को छपा बिलारी गाँव में लटकी मिली विवाहिता सोनी की लाश।

घटनाएँ दर घटनाएँ एक अभी पूरी तरह विस्मृत हुयी भी नहीं तब तक दूसरी उपस्थित।

सब कुछ लगभग—लगभग वही, बस थोड़ा सा हेर फेर और सबके मूल में वही एक कारण विद्यमान ....

लालच, शक, नशा,

पर आश्चर्य सबसे बड़ा आश्चर्य समाज में कहीं कोई हलचल नहीं, कहीं कोई सुगबुगाहट नहीं, कहीं कोई चर्चा नहीं।

आश्चर्य हो रहा है। महान आश्चर्य हो रहा है। क्या मेरा समाज सो गया है?

मेरा महान समाज सो रहा है नहीं— नहीं ऐसा नहीं हो सकता। विश्वास है समाज जरूर इसका हल निकालेगा। उत्तर जरूर मिलेगा उन बहनों को जो इस सफर में पीछे छूट जा रही है, बहुत पीछे जहाँ से अब वो वापस नहीं आ सकती।

इतना पीछे।

अध्याय–84

आखिर इन ललनाओं का अपराध क्या है? इन बच्चियों का अपराध क्या है जो इस तरह का परिणाम। इन बच्चियों ने इन बहनों ने हमारी, समाज की कौन सी बात नहीं मानी।

इनके जन्म पर हमने खुशियाँ नहीं मनायी। ये सब बाद में इसे समझी, जानी पर कभी शिकायत नहीं की। जब ये बड़ी होने लगी हमने कहा– लड़कियों को थोड़ा दब कर रहना चाहिए और ये दब कर रहने लगीं।

हमने इन्हें शिक्षा दी कि लड़कियों के शरीर पर एकमात्र पति का अधिकार होता है और लड़कियों का धन उसका चरित्र होता है और इसे संस्कार रूप में इन्हें पिला दिया और ये सब उसका अक्षरशः पालन करने लगीं।

थोड़ी और बड़ी हुयी, हमने इनकी शिक्षा–दीक्षा रोककर इनकी शादी कर दी बिना इनका पसन्द नापसन्द जाने फिर भी इन्होंने कोई शिकायत नहीं कीं।

पति के प्रति पूर्ण सर्मपण, सुहाग के भारी भरकम चिन्ह मोटे–मोटे पीले– लाल सिन्दुर माँग में भरना, विदीया लगाना सब कितने प्रेम से करने लगीं।

कभी भी उन्होंने अपने पति की, ससुराल की कोई शिकायत नहीं की, कोई कम्प्लेन नहीं किया अपने माता–पिता से, क्यों, क्योंकि हमने यह शिक्षा दी ऐसा संस्कार दिया कि अब पति का घर ही उसका अपना घर होता है।

उसके बाद हमारा यह व्यवहार,

यह व्यवहार उनसे,

क्यों! क्यों! क्यो!

ये भारत यह तुमसे पूँछता हूँ,

तुम्हारी वेदि पर यह प्रश्न रखता

हूँ।

तुम्हीं उत्तर दो। कब रोकोगे इसे? कब खत्म करोगे ये सब? देखो तुम्हें राखी की सौगन्ध है।

इस प्रश्न को अगली पीढ़ी के लिए मत बढ़ा देना।

अध्याय– 85

कैसे रोका जाय इन घटनाओं को, कैसे बचाया जाय उन बच्चियों को, उन अबोध आत्माओं को क्या किया जाय, जिससे हमारे समाज से यह बुरी प्रथा समाप्त हो।

हमारा समाज स्वच्छ एवं सुन्दर हो सके। कोई फरिश्ता तो आयेगा नहीं दूसरे ग्रह से जो इसे मिटायेगा।

थोड़ा सहयोग से यदि एक भी बहन बचायी जा सके, यदि एक भी उन छोटे बच्चों की माँ बचायी सके तो यह पर्याप्त होगा, यह पर्याप्त होगा हमारे इस छोटे से जीवन के लिए, इस जीवन की सार्थकता के लिये।

शायद हमारा कुछ छोटा प्रयास बचा ले उन्हें जो अभी इस हिंसा की बलिवेदी पर चढ़ने वालीं हैं, जो अभी इस भयंकर अग्नि की लपटों में जलाई आने वालीं हैं, जो अभी शायद मोटे रस्सी के फंदे में लटकाये जाने वाली है।

इन्तजार कर रही हैं हमारी वो बहनें शायद इस आशा के साथ कि आयेगा, आयेगा मेरा भईया और उन हाथों से, 'जिन्ह पर मैंने रक्षा सूत्र बॉधा था' उन मजबूत हाथों से मुझे पीछे खींच लेगा। मुझे बचा लेगा इस भयंकर आग से, इस भयंकर मृत्यु से, उस भयंकर मृत्यु से जो मेरा ये जीवन ले लेगी और वे बहनें जिनका जीवन इस प्रथा पर भेंट चढ़ गयी, उनकी आत्मा को शान्ति मिलेगी। .... यह जानकर कि अब कोई निरीह इस प्रथा का, इस बुराई की भेंट नहीं चढ़ेगी। अब किसी मासूम की जिन्दगी उससे नहीं छीनी जायेगी।

अध्याय— 86

जो ये बातें हो रही हैं, जो ये घटनायें घट रही है हमारे समाज में, जरूर इनका कोई कारण होगा और जब कारण है तो जरूर कोई निवारण होगा।

निवारण है इसका मतलब इस बुराई से लड़ा जा सकता है, इसे मिटाया जा सकता है पूरा नहीं तो आंशिक ही सही।

अतः हे भारत तुम्हारी चौखट पर मैं यह प्रश्न रखता हूँ।

पर दिल धड़कता है।

दिल धड़कता है कि वही उत्तर तो नहीं मिलेगा न,

सदियों पुराना।

वही निर्जीव उत्तर

क्योंकि वह साँवली थी, रंग उसका मद्धिम था।

क्योंकि उसका भाग्य खराब था।

क्योंकि उसने पूर्व जन्म में ऐसा कर्म किया था या शायद उसमें यह कमी थी या शायद वह कमी थी

या शायद क्योंकि वह शायद छोटी थी, मोटी थी।

या शायद क्योंकि वह गरीब थी। उसने एक गरीब के घर जन्म लिया था।

अध्याय– 87

पर ऐसा नहीं हो सकता। क्योंकि हम सब यह जानते हैं, अन्दर से जानते है कि यह उत्तर गलत है। क्योंकि हमारी अर्न्तात्मा अन्दर से जानती है कि हमारी कुछ बहनों के मौत का कारण कुछ और नहीं

हमारे अन्दर बैठा हुआ धन का लालच है।

हमारी दूसरी कुछ बहनों के मौत का कारण उनके कर्म नहीं, उनके भाग्य नहीं। हमारे अन्दर बैठा हुआ शक का शैतान है जो उनके चरित्र पर शक करता है। शक जो सतीत्व की माँग करता है। शक जो पवित्रता होने की माँग करता है।

हमारी और कुछ बहनों के मौत का कारण हमारे अन्दर बैठा हुआ नशा का राक्षस है। जो हमारी सोच को मार देता है जो हमारी भला–बुरा पहचानाने की क्षमता को मार देता है।

स्त्री पर हाथ नहीं उठना चाहिए इस निर्णय करने वाली बुद्धि को मार देता है।

दोष उन अभागी बहनों का नहीं, दोष हमारा है, हमारे अन्दर बैठें हुए शैतान का है।

हमारे अंदर बैठे उस पिचाश का है जो कई रूप धर लेता है। हद है कई बार बेटियाँ होने पर भी मारता है; अब बेटी होने पर उसका क्या दोष, क्या अपराध!

अब उत्तर हम सबको ही देना होगा–

कि कैसे इस शैतान से लड़ा जाय,

कि कैसे इस शैतान को मिटाया जाय।

अध्याय– 88

अंतिम खण्ड

अब लिखने का मन नहीं कर रहा है, कलम रूक रही है पर घटनाएँ नहीं।

अखबार में लगातार छप रही हजारों घटनाएँ हैं जो लेखिका के पास रखी हैं, यही घटनाएँ, लगातार छपने वाली घटनाएँ, इस यात्रा में कलम जब भी रूक जाती, थक जाती लिखते–लिखते ये घटनाएँ कलम को फिर से चलने को मजबूर कर देती, किरन की कहानी को फिर से जिन्दा कर देती और कलम अपने आप चल देती।

चलते–चलते जिस दिन कलम रोक रही हूँ आज फिर छपा है– मरह थाना क्षेत्र के ढोसर गाँव में सोमवार की रात विवाहिता अंकिता ने फाँसी लगाकर आत्महत्या की मायके में।

हाँ मायके में, अपने माता–पिता, भाई के घर में। ढोसर निवासी बृजभूषण सिंह की पुत्री अंकिता की शादी **जौनपुर** के हरिदसपुर में प्रमोद सिंह के पुत्र दुर्गेश से हुई। शादी में पिता ने सामर्थ्य भार दहेज दिया। बावजूद ससुरालजन खुश नहीं थे। कुछ ही दिन बाद सब उसे प्रताड़ित करने लगे और फिर ससुराल से अंकिता को बाहर का रास्ता दिखा दिया गया। मायके के लिए विदा कर दिया गया। अंकिता को आशा थी कि कुछ दिन बितने के बाद सब ठीक हो जायेगा। विश्वास था कि ससुराल के लोग एक दिन उसे विदा करा के ले जायेंगे। ससुराल के और न सही पर मेरा दुर्गेश, मेरा पति जरूर मुझे लेने आयेगा।

शुरू में वो मुझसे कितना प्यार, कितना बाते करते थे। वो जरूर आयेंगे आकर कहेंगे चलो अंकिता घर चलो।

समय बितता गया लेकिन अंकिता को ससुराल की चौखट लाँघने का अवसर नहीं आया पर आशा का दीप मन में टिमटिमाता रहा।

कुछ दिन बाद दुर्गेश तो नहीं आया पर उसका मेसेज जरूर आ गया कि दुर्गेश ने तलाक के लिए अर्जी दे दिया है अदालत में।

बृजभूषण जी, अंकिता के पिता भागे–भागे, अंकिता के ससुराल पहुँचे। बहुत अनुनय–विनय किया पर सब व्यर्थ रहा। थक हार कर घर लौट पड़े।

दरवाजे पर पुत्री इंतजार कर रही थी, पिता की आँखे झुक गयी, पुत्री रोने लगी, पिता ने जीवन भर साथ देने का भरोसा दिलाया।

समय बीतने लगा। फिर दिन, फिर रात। अंकिता हमेशा गुमसुम व तनाव में रहने लगी। साथ जीने मरने की कसमे खाने वाला दुर्गेश दहेज के लिए थोड़े से धन के लिए उसे तलाक दे देगा।

ऐसा उसने सपने में भी नहीं सोचा था। चेत्र नवरात्र का प्रथम दिन, घर के सभी लोग व्रत थे रात 9 बजे अंकिता अपने कमरे में जाकर अंदर से दरवाजा बंद कर ली। बाद में उसने पंखा के सहारे, गले में दुपट्टा लपेट कर फाँसी लगा ली।

काफी देर बाद जब कमरे में कोई हलचल नहीं दिखी तो अंकिता को उसकी माँ ने आवाज लगायी पर बिटियाँ यहाँ कहाँ जो जवाब देती।

दरवाजा नहीं खुलने पर माँ ने खिड़की से अंदर झाँक कर देखा सन रह गयी फिर चिल्लाने लगी, शोर सुनकर अन्य सदस्य भी आ गए। दरवाजा तोड़कर अंकिता को नीचे उतारा गया।

अगले दिन गाजीपुर दैनिक जागरण समाचार मे पेंज नंम्बर 5 पर यह समाचार छपा।

मन घबरा रहा है, क्या उपाय है इसे रोकने का?

शिक्षा शिक्षा और शिक्षा

यहीं एकमात्र उपाय दिखता है कई रूप धर लेने वाले इस शैतान, इस पिचास से लड़ने का। धन की महत्ता बढ़ती जा रही है समाज में।

प्रेम की, त्याग की दिन चले जा रहें हैं हमेशा, हमेशा के लिए हमारे समाज से।

संवेदनाएँ मर रही हैं, पशुता बढ़ रही है।

अतः शिक्षित और शिक्षित बहनें ही एकमात्र आशा की किरन हैं इस समस्या के हल की

जो खड़ी हों सके अपने पैरों पर इस बदलते वातावरण में, इस बदलते समाज में । अब और लिखने की हिम्मत नहीं पड़ रही।

हजारो मौतें हैं, प्रतिदिन या हर दूसरे दिन मौते हैं सबकी वही दास्ताँ।

मैं तो किरन की मृत्यु से उठे प्रश्न का जवाब खोज रही थी।

पर प्रश्न बड़ा होते–होते घर की चौखट लाँघ समाज की देहरी पर जा पहुँचा।

मैं तो किरन की कहानी लिख रही थी 'एक गाँव के सीधी–साधी लड़की का जिससे मेरा एक रिश्ता था' पति की नजरों से; जिसकी वह बहन थी; उसे याद कर रही थी।

वो भी स्वप्न, तीन–तीन स्वप्न देखने के बाद पर

कलम चलते–चलते यहाँ ले आयी। घरेलू हिंसा के विकराल रूप से परिचित करायी।

प्रभु से प्रार्थना करती हूँ अब ऐसा न्यूज न देखने को मिले अगली सुबह से।

अब ऐसा न हो मेरे देश में, अब ऐसा न हो मेरे मानव समाज में।